Wilhelm Busch

Hundert Gedichte

Wilhelm Busch

Hundert Gedichte

Herausgegeben von
Gudrun Schury

aufbau
AUFBAU VERLAGSGRUPPE

ISBN 978-3-351-03217-3

Aufbau ist eine Marke
der Aufbau Verlagsgruppe GmbH

1. Auflage 2007

Einbandgestaltung Ute Henkel/Torsten Lemme
Typographie Peter Birmele
Druck und Binden Clausen & Bosse, Leck
Printed in Germany

www.aufbau-verlag.de

Inhalt

I

Dichten, daß die Federn spritzen!

II

Das rote Ding in meiner Brust

III

Bei eines Strumpfes Bereitung

IV

Die Krallen scharf, die Augen gluh

V

Pfannekuchen und Salat

VI

Mein Individuum

VII
Wie ehedem, die Ewigkeit

Anhang

I

Dichten, dass die Federn spritzen!

O Muse! reiche mir den Stift, den Faber
In Nürnberg fabrizieren muß!
Noch einmal sattle mir den harten Traber,
Den alten Stecken-Pegasus!

Verzeihlich

Er ist ein Dichter, also eitel.
Und, bitte, nehmt es ihm nicht krumm,
Zieht er aus seinem Lügenbeutel
So allerlei Brimborium.

Juwelen, Gold und stolze Namen,
Ein hohes Schloß im Mondenschein
Und schöne höchstverliebte Damen,
Dies alles nennt der Dichter sein.

Indessen ist ein enges Stübchen
Sein ungeheizter Aufenthalt.
Er hat kein Geld, er hat kein Liebchen,
Und seine Füße werden kalt.

Der Hausknecht in dem »Weidenbusch«
Zu Frankfurt an dem Main,
Der war Poet, doch immer kurz,
Denn wenig fiel ihm ein.

Ja, sprach er, Freund, wir leben jetzt
In der Depeschenzeit,
Und Schiller, käm er heut zurück,
Wär auch nicht mehr so breit.

Erneuerung

Die Mutter plagte ein Gedanke.
Sie kramt im alten Kleiderschranke,
Wo Kurz und Lang, obschon gedrängt,
Doch friedlich, beieinander hängt.

Auf einmal ruft sie: Ei sieh da,
Der Schwalbenschwanz, da ist er ja!

Den blauen, längst nicht mehr benützten,
Den hinten zwiefach zugespitzten,
Mit blanken Knöpfen schön geschmückt,
Der einst so manches Herz berückt,

Ihn trägt sie klug und überlegt
Dahin, wo sie zu schneidern pflegt,
Und trennt und wendet, näht und mißt,
Bis daß das Werk vollendet ist.

Auf die Art aus des Vaters Fracke
Kriegt Fritzchen eine neue Jacke.

Grad so behilft sich der Poet.
Du liebe Zeit, was soll er machen?
Gebraucht sind die Gedankensachen
Schon alle, seit die Welt besteht.

Wie wohl ist dem, der dann und wann
Sich etwas Schönes dichten kann!

Der Mensch, durchtrieben und gescheit,
Bemerkte schon seit alter Zeit,
Daß ihm hienieden allerlei
Verdrießlich und zuwider sei.
Die Freude flieht auf allen Wegen;
Der Ärger kommt uns gern entgegen.
Gar mancher schleicht betrübt umher;
Sein Knopfloch ist so öd und leer.
Für manchen hat ein Mädchen Reiz,
Nur bleibt die Liebe seinerseits.
Doch gibt's noch mehr Verdrießlichkeiten.
Zum Beispiel läßt sich nicht bestreiten:
Die Sorge, wie man Nahrung findet,
Ist häufig nicht so unbegründet.
Kommt einer dann und fragt: Wie geht's?
Steht man gewöhnlich oder stets
Gewissermaßen peinlich da,
Indem man spricht: Nun, so lala!
Und nur der Heuchler lacht vergnüglich
Und gibt zur Antwort: Ei, vorzüglich!
Im Durchschnitt ist man kummervoll
Und weiß nicht, was man machen soll. –

Nicht so der Dichter. Kaum mißfällt
Ihm diese altgebackne Welt,
So knetet er aus weicher Kleie
Für sich privatim eine neue
Und zieht als freier Musensohn

In die Poetendimension,
Die fünfte, da die vierte jetzt
Von Geistern ohnehin besetzt.
Hier ist es luftig, duftig, schön,
Hier hat er nichts mehr auszustehn,
Hier aus dem mütterlichen Busen
Der ewig wohlgenährten Musen
Rinnt ihm der Stoff beständig neu
In seine saubre Molkerei.
Gleichwie die brave Bauernmutter.
Tagtäglich macht sie frische Butter.
Des Abends spät, des Morgens frühe
Zupft sie am Hinterleib der Kühe
Mit kunstgeübten Handgelenken
Und trägt, was kommt, zu kühlen Schränken,
Wo bald ihr Finger, leicht gekrümmt,
Den fetten Rahm, der oben schwimmt,
Beiseite schöpft und so in Masse
Vereint im hohen Butterfasse.
Jetzt mit durchlöchertem Pistille
Bedrängt sie die geschmeid'ge Fülle.
Es kullert, bullert, quitscht und quatscht,
Wird auf und nieder durchgematscht,
Bis das geplagte Element
Vor Angst in Dick und Dünn sich trennt.
Dies ist der Augenblick der Wonne.
Sie hebt das Dicke aus der Tonne,
Legt's in die Mulde, flach von Holz,
Durchknetet es und drückt und rollt's,
Und sieh, in frohen Händen hält se
Die wohlgeratne Butterwälze.

So auch der Dichter. – Stillbeglückt
Hat er sich was zurechtgedrückt
Und fühlt sich nun in jeder Richtung
Befriedigt durch die eigne Dichtung.

Doch guter Menschen Hauptbestreben
Ist, andern auch was abzugeben.
Der Dichter, dem sein Fabrikat
So viel Genuß bereitet hat,
Er sehnt sich sehr, er kann nicht ruhn,
Auch andern damit wohlzutun;
Und muß er sich auch recht bemühn,
Er sucht sich wen und findet ihn;
Und sträubt sich der vor solchen Freuden,
Er kann sein Glück mal nicht vermeiden.
Am Mittelknopfe seiner Weste
Hält ihn der Dichter dringend feste,
Führt ihn beiseit zum guten Zwecke
In eine lauschig stille Ecke,
Und schon erfolgt der Griff, der rasche,
Links in die warme Busentasche,
Und rauschend öffnen sich die Spalten
Des Manuskripts, die viel enthalten.
Die Lippe sprüht, das Auge leuchtet,
Des Lauschers Bart wird angefeuchtet,
Denn nah und warm, wie sanftes Flöten,
Ertönt die Stimme des Poeten. –
Vortrefflich! ruft des Dichters Freund;
Dasselbe, was der Dichter meint;
Und, was er sicher weiß, zu glauben,
Darf sich doch jeder wohl erlauben.

Wie schön, wenn dann, was er erdacht,
Empfunden und zurechtgemacht,
Wenn seines Geistes Kunstprodukt,
Im Morgenblättchen abgedruckt,
Vom treuen Kolporteur geleitet,
Sich durch die ganze Stadt verbreitet.
Das Wasser kocht. – In jedem Hause,
Hervor aus stiller Schlummerklause,
Eilt neugestärkt und neugereinigt,

Froh grüßend, weil aufs neu vereinigt,
Hausvater, Mutter, Jüngling, Mädchen
Zum Frühkaffee mit frischen Brötchen.
Sie alle bitten nach der Reihe
Das Morgenblatt sich aus, das neue,
Und jeder stutzt und jeder spricht:
Was für ein reizendes Gedicht!
Durch die Lorgnetten, durch die Brillen,
Durch weit geöffnete Pupillen,
Erst in den Kopf, dann in das Herz,
Dann kreuz und quer und niederwärts
Fließt's und durchweicht das ganze Wesen
Von allen denen, die es lesen.
Nun lebt in Leib und Seel der Leute,
Umschlossen vom Bezirk der Häute
Und andern warmen Kleidungsstücken,
Der Dichter fort, um zu beglücken,
Bis daß er schließlich abgenützt,
Verklungen oder ausgeschwitzt.

Ein schönes Los! Indessen doch
Das allerschönste blüht ihm noch.
Denn Laura, seine süße Qual,
Sein Himmelstraum, sein Ideal,
Die glühend ihm entgegenfliegt,
Besiegt in seinen Armen liegt,
Sie flüstert schmachtend inniglich:
»Göttlicher Mensch, ich schätze dich!
Und daß du so mein Herz gewannst,
Macht bloß, weil du so dichten kannst!!«

Oh, wie beglückt ist doch ein Mann,
Wenn er Gedichte machen kann!

Hier ist alles eitel! So
Spricht der weise Salomo!!
Onkels, dünn- und dickbeleibte,
Die das Glück noch nicht beweibte,
Tanten, die, aus den bekannten
Gründen, sich noch nicht bemannten,
Alle, wenn sie Mut besitzen,
Dichten, daß die Federn spritzen!
Aber die – nach altem Brauch –
Sich vermählten, können's auch;
Denn, dieweil sie ihrer zwei,
Helfen sie sich sehr dabei.

Zu gut gelebt

Frau Grete hatt' ein braves Huhn,
Das wußte seine Pflicht zu tun.
Es kratzte hinten, pickte vorn,
Fand hier ein Würmchen, da ein Korn,
Erhaschte Käfer, schnappte Fliegen
Und eilte dann mit viel Vergnügen
Zum stillen Nest, um hier geduldig
Das zu entrichten, was es schuldig.
Fast täglich tönte sein Geschrei:
Viktoria, ein Ei, ein Ei!

Frau Grete denkt: Oh, welch ein Segen,
Doch könnt es wohl noch besser legen.
Drum reicht sie ihm, es zu verlocken,
Oft extra noch die schönsten Brocken.

Dem Hühnchen war das angenehm.
Es putzt sich, macht es sich bequem,
Wird wohlbeleibt, ist nicht mehr rührig,
Und sein Geschäft erscheint ihm schwierig.
Kaum daß ihm noch mit Drang und Zwang
Mal hie und da ein Ei gelang.

Dies hat Frau Gretchen schwer bedrückt,
Besonders, wenn sie weiterblickt;
Denn wo kein Ei, da ist's vorbei
Mit Rührei und mit Kandisei.

Ein fettes Huhn legt wenig Eier.
Ganz ähnlich geht's dem Dichter Meier,
Der auch nicht viel mehr dichten kann,
Seit er das große Los gewann.

Auch er

Rührend schöne Herzgeschichten,
Die ihm vor der Seele schweben,
Weiß der Dichter zu berichten.
Wovon aber soll er leben?

Was er fein zusammenharkte,
Sauber eingebundne Werklein,
Führt er eben auch zum Markte,
Wie der Bauer seine Ferklein.

Dorenkat

Hermine sagte mir, sie wollte,
Daß ich ihr mal was dichten sollte. –
Ich sagte ja! – Und also hüh!
Fährt jetzt mein Geist per Phantasie
Nach Borkum, legt sich auf die Düne
Und dichtet was für die Hermine.

Von einer Düne sieht man weit. –
Das Meer ist voller Flüssigkeit.
Das Ostland ist an Möven reich.
Die jungen Möven hat man gleich;
Die Eltern aber schrein und tüten
Und schweben über unsern Hüten.

Hier ist der Entoutcas zu loben.
Nicht alles Gute kommt von oben. –
Zu Upholm wird das Schaf gemelkt.
Die Kuh will Futter, wenn sie bölkt.
Der Kuhhirt sammelt viele Kühe
Durch lautes Tuten morgens frühe.
Dies weckt den Fremden unvermutet,
So daß er fragt, wer da so tutet? –

Am Strande aber geht man froh
Erst so hin und dann wieder so;
Man sieht ein Schiff, tritt in die Qualle,
Hat Hunger, steigt in diesem Falle
Zur Giftbutike kühn hinauf,
Erwirbt ein Butterbrot durch Kauf
Und schlürft, wenn man es nötig hat,
Den vielberühmten »Dorenkat«;
Ein Elixir, was notgedrungen,

Durch ein Malör dazu gezwungen,
Vor hundert Jahren hierzuland
Der Pieter Dorenkat erfand. –

Es war 'ne schwüle, dunkle Nacht;
Der Pieter hält am Strande Wacht.
Was ist das für ein heller Schein?
Das ist ein Schifflein hübsch und klein.
Es leuchtet helle, segelt schnelle,
Schwebt immer auf der höchsten Welle,
Ist ganz von Rosenholz gezimmert,
Sein Segel ganz von Seide flimmert,
Hat eine Flagge aufgehißt,
Worauf ein Herz zu sehen ist;
Und lächelnd steht auf dem Verdeck
Ein Knabe, lockig, blond und keck,
Der durch ein Flügelpaar geziert
Und Köcher, Pfeil und Bogen führt. –
Da geht es kracks! – und an dem Riff
Zerschellt das kleine Wunderschiff. – –
Pechschwarze Nacht. – Bald blickt jedoch
Der Mondschein durch ein Wolkenloch. –
Herausgespült und hingestreckt,
Wie tot, von Seetang überdeckt,
Liegt da der Knabe auf dem Strand,
Mit Pfeil und Bogen in der Hand.
Der Pieter, der ein guter Tropf,
Frottiert ihn, stellt ihn auf den Kopf,
Bläst ihm ins Mäulchen, ja und richtig,
Der Bursch wird wieder lebenstüchtig,
Springt auf, ist schrecklich ungezogen,
Nimmt seinen Pfeil, spannt seinen Bogen,
Schießt Pietern durch die dicke Jacke,
Wird eine Möve, macht: gagacke!
Und ist verschwunden. – Welche Schmerzen
Fühlt Pieter Dorenkat im Herzen!!! –

Er mag nicht gehn, er mag nicht ruhn,
Er mag nichts essen, mag nichts tun;
Er klagt dem Trientje seine Qual,
Der aber ist es ganz egal.
Am liebsten möcht er sich erhängen
Und töten sich durch Halsverlängen,
Doch Borkums Bäume sind zu niedrig,
Was für den Zweck gar sehr zuwidrig.

So sammelt er denn schließlich Kräuter,
Kocht, destilliert sie und so weiter,
Bis eine Quintessenz zuletzt
Sich aromatisch niedersetzt.
Hier wäscht er sich mit auß- und innen,
Und schau! die Schmerzen ziehn von hinnen. –

Bald wird es weit im Reiche kund,
Was dieser Dorenkat erfund.
Gar mancher will das Tränklein kosten,
Bezieht es dann in großen Posten,
So daß der Pieter sich fortan
Vor lauter Geld nicht bergen kann.
Jetzt fragt er Trientje »Wutt du mi?«
»Ja glick, Mynheer!« erwidert sie.
Drauf legt er sein Geschäft nach Emden,
Trägt goldne Knöpfe in den Hemden,
Und heute noch ist »Dorenkat«
Für Leib- und Seelenschmerz probat. –
Auch ich war mal – –

Wer klopft denn hier
Grad jetzt an meine Stubentür?? –
Der Dichtung langer Faden reißt,
Der Zug des Herzens ist entgleist,
Mein Geist kehrt wieder von der Düne,
Adieu, Hermine!

Muß ich mich schon wieder plagen?
Also wieder ein Gedicht?
Soll ich wagen nein! zu sagen? –
Nein, ich bin kein Bösewicht!

Dehne dich, Poetenleder!
Werde flüssig, alter Leim!
Sieh, schon tröpfelt aus der Feder
Der mit Angst gesuchte Reim!

Und so zeig' ich mit Vergnügen
Mich als einen netten Herrn. –
Ach, mitunter muß man lügen,
Und mitunter lügt man gern.

Ungenügend

Sei es freundlich, sei es böse,
Meist genügend klar und scharf
Klingt des Mundes Wortgetöse
Für den täglichen Bedarf.

Doch die Höchstgefühle heischen
Ihren ganz besondern Klang;
Dann sagt grunzen oder kreischen
Mehr als Rede und Gesang.

II

Das rote Ding in meiner Brust

Metaphern der Liebe

Welche Augen! Welche Miene!
Seit ich dich zuerst gesehen,
Engel in der Krinoline,
Ist's um meine Ruh' geschehen.

Ach! in fieberhafter Regung
Lauf' ich Tag und Nacht spazieren,
Und ich fühl' es, vor Bewegung
Fang' ich an zu transpirieren.

Und derweil ich eben schwitze,
Hast du kalt mich angeschaut;
Von den Stiefeln bis zur Mütze
Spür' ich eine Gänsehaut.

Wahrlich! Das ist sehr bedenklich,
Wie ein jeder leicht ermißt,
Wenn man so schon etwas kränklich
Und in Nankinghosen ist.

Würde deiner Augen Sonne
Einmal nur mich freundlich grüßen,
Ach! – Vor lauter Lust und Wonne
Schmölz ich hin zu deinen Füßen.

Aber ach! Aus deinen Blicken
Wird ein Strahl herniederwettern,
Mich zerdrücken und zerknicken
Und zu Knochenmehl zerschmettern.

Idiosynkrasie

Der Tag ist grau. Die Wolken ziehn.
Es saust die alte Mühle.
Ich schlendre durch das feuchte Grün
Und denke an meine Gefühle.

Die Sache ist mir nicht genehm.
Ich ärgre mich fast darüber.
Der Müller ist gut; trotz alledem
Ist mir die Müllerin lieber.

Wärst du ein Bächlein, ich ein Bach,
So eilt ich dir geschwinde nach.
Und wenn ich dich gefunden hätt'
In deinem Blumenuferbett:
Wie wollt ich mich in dich ergießen
Und ganz mit dir zusammenfließen,
Du vielgeliebtes Mädchen du!
Dann strömten wir bei Nacht und Tage
Vereint in süßem Wellenschlage
Dem Meere zu.

Ich kam in diese Welt herein,
Mich baß zu amüsieren,
Ich wollte gern was Rechtes sein
Und mußte mich immer genieren.
Oft war ich hoffnungsvoll und froh,
Und später kam es doch nicht so.

Nun lauf ich manchen Donnerstag
Hienieden schon herummer,
Wie ich mich drehn und wenden mag,
'S ist immer der alte Kummer.
Bald klopft vor Schmerz und bald vor Lust
Das rote Ding in meiner Brust.

Sehnsucht

Schon viel zu lang
Hab ich der Bosheit mich ergeben.
Ich lasse töten, um zu leben,
Und bös macht bang.

Denn niemals ruht
Die Stimme in des Herzens Tiefe,
Als ob es zärtlich klagend riefe:
Sei wieder gut.

Und frisch vom Baum
Den allerschönsten Apfel brach ich.
Ich biß hinein, und seufzend sprach ich,
Wie halb im Traum:

Du erstes Glück,
Du alter Paradiesesfrieden,
Da noch kein Lamm den Wolf gemieden,
O komm zurück!

Schreckhaft

Nachdem er am Sonntagmorgen
Vor seinem Spiegel gestanden,
Verschwanden die letzten Sorgen
Und Zweifel, die noch vorhanden.

Er wurde so verwegen,
Daß er nicht länger schwankte.
Er schrieb ihr. Sie dagegen
Erwidert: Nein, sie dankte.

Der Schreck, den er da hatte,
Hätt ihn fast umgeschmissen,
Als hätt ihn eine Ratte
Plötzlich ins Herz gebissen.

Summa summarum

Sag, wie wär es, alter Schragen,
Wenn du mal die Brille putztest,
Um ein wenig nachzuschlagen,
Wie du deine Zeit benutztest.

Oft wohl hätten dich so gerne
Weiche Arme warm gebettet;
Doch du standest kühl von ferne,
Unbewegt, wie angekettet.

Oft wohl kam's, daß du die schöne
Zeit vergrimmtest und vergrolltest,
Nur weil diese oder jene
Nicht gewollt, so wie du wolltest.

Demnach hast du dich vergebens
Meistenteils herumgetrieben;
Denn die Summe unsres Lebens
Sind die Stunden, wo wir lieben.

Seid mir nur nicht gar zu traurig,
Daß die schöne Zeit entflieht,
Daß die Welle kühl und schaurig
Uns in ihre Wirbel zieht;

Daß des Herzens süße Regung,
Daß der Liebe Hochgenuß,
Jene himmlische Bewegung,
Sich zur Ruh begeben muß.

Laßt uns lieben, singen, trinken,
Und wir pfeifen auf die Zeit;
Selbst ein leises Augenwinken
Zuckt durch alle Ewigkeit.

Zauberschwestern

Zwiefach sind die Phantasien,
Sind ein Zauberschwesternpaar,
Sie erscheinen, singen, fliehen
Wesenlos und wunderbar.

Eine ist die himmelblaue,
Die uns froh entgegenlacht,
Doch die andre ist die graue,
Welche angst und bange macht.

Jene singt von lauter Rosen,
Singt von Liebe und Genuß;
Diese stürzt den Hoffnungslosen
Von der Brücke in den Fluß.

III

Bei eines Strumpfes Bereitung

Ich wußte, sie ist in der Küchen,
Ich bin ihr leise nachgeschlichen.
Ich wollt' ihr ew'ge Treue schwören
Und fragen, willst du mir gehören?
Auf einmal aber stutzte ich.
Sie kramte zwischen dem Gewürze;
Dann schneuzte sie und putzte sich
Die Nase mit der Schürze.

Scheu und Treu

Er liebte sie in aller Stille.
Bescheiden, schüchtern und von fern
Schielt er nach ihr durch seine Brille
Und hat sie doch so schrecklich gern.

Ein Mücklein, welches an der Nase
Des schönen Kindes saugend saß,
Ertränkte sich in seinem Glase.
Es schmeckt ihm fast wie Ananas.

Sie hatte Haare, wie ’ne Puppe,
So unvergleichlich blond und kraus.
Einst fand er eines in der Suppe
Und zog es hochbeglückt heraus.

Er rollt es auf zu einem Löckchen,
Hat’s in ein Medaillon gelegt.
Nun hängt es unter seinem Röckchen
Da, wo sein treues Herze schlägt.

Pst!

Es gibt ja leider Sachen und Geschichten,
Die reizend und pikant,
Nur werden sie von Tanten und von Nichten
Niemals genannt.

Verehrter Freund, so sei denn nicht vermessen,
Sei zart und schweig auch du.
Bedenk: Man liebt den Käse wohl, indessen
Man deckt ihn zu.

Der Franz, ein Schüler hochgelehrt,
Macht sich gar bald beliebt und wert.

So hat er einstens in der Nacht
Beifolgendes Gedicht gemacht:

Als ich so von ungefähr
Durch den Wald spazierte,
Kam ein bunter Vogel, der
Pfiff und quinquilierte.

Was der bunte Vogel pfiff,
Fühle und begreif' ich:
Liebe ist der Inbegriff,
Auf das andre pfeif' ich.

Er schenkt's Helenen, die darob
Gar hocherfreut und voller Lob.

Und Franz war wirklich angenehm,
Teils dieserhalb, teils außerdem.

Wenn in der Küche oder Kammer
Ein Nagel fehlt – Franz holt den Hammer!

Wenn man den Kellerraum betritt,
Wo's öd und dunkel – Franz geht mit!

Wenn man nach dem Gemüse sah
In Feld und Garten – Franz ist da! –

Oft ist z. B. an den Stangen
Die Bohne schwierig zu erlangen.

Franz aber faßt die Leiter an,
Daß Lenchen ja nicht fallen kann.

Und ist sie dann da oben fertig –
Franz ist zur Hilfe gegenwärtig.

Kurzum! Es sei nun, was es sei –
Der Vetter Franz ist gern dabei.

Ratsam ist und bleibt es immer
Für ein junges Frauenzimmer,
Einen Mann sich zu erwählen
Und womöglich zu vermählen.
Erstens: will es so der Brauch.
Zweitens: will mans selber auch.
Drittens: man bedarf der Leitung
Und der männlichen Begleitung;
Weil bekanntlich manche Sachen,
Welche große Freude machen,
Mädchen nicht allein verstehn;
Als da ist: ins Wirtshaus gehn. –

Selig sind die Auserwählten,
Die sich liebten und vermählten;
Denn sie tragen hübsche Früchte.
Und so wuchert die Geschichte
Sichtbarlich von Ort zu Ort.
Doch die braven Junggesellen,
Jungfern ohne Ehestellen,
Welche ohne Leibeserben
So als Blattgewächse sterben,
Pflanzen sich durch Knollen fort.

Lied eines versimpelten Junggesellen

Keine Frau befiehlt ihm was,
Hindert ihn durch dies und das,
Und er sorgt für sich allein –
Schön ist's, Junggeselle sein!

Mancherlei gibt's Zeitvertreib
Auf den Gassen, in der Kneip',
Auch gefäll'ge Mägdelein –
Schön ist's, Junggeselle sein!

Sitzt er abends lang beim Bier,
Schilt ihn nicht die Frau dafür,
Darum schenkt noch einmal ein –
Schön ist's, Junggeselle sein!

Geht er endlich selig fort,
Winket Ruh im Bette dort,
Ei wie gut schläft's sich allein –
Schön ist's, Junggeselle sein!

Wenn er morgens schlafen will,
Störet ihn kein Kindsgebrüll,
Keine Frau red't ihm was drein –
Schön ist's, Junggeselle sein!

Zieht ein frisches Hemd er an,
Fehlt gar oft ein Knopf daran,
Fröhlich näht er ihn dann ein –
Schön ist's, Junggeselle sein!

Und noch manche andre Freud
Sich der Junggesell bereit't,
Auch geht er mitunter ein –
Schön ist's, Junggeselle sein!

Harmlos lebt er so dahin
Und versimpelt oft im Sinn;
Manchmal ist er auch ein Schwein –
Schön ist's, Junggeselle sein!

Heut stolziert er auf und ab,
Morgen scheißt der Hund aufs Grab,
Dies ist dann sein Leichenstein –
Schön ist's, Junggeselle sein!

Der Einsame

Wer einsam ist, der hat es gut,
Weil keiner da, der ihm was tut.

Ihn stört in seinem Lustrevier
Kein Tier, kein Mensch und kein Klavier,
Und niemand gibt ihm weise Lehren,
Die gut gemeint und bös zu hören.

Der Welt entronnen, geht er still
In Filzpantoffeln, wann er will.

Sogar im Schlafrock wandelt er
Bequem den ganzen Tag umher.

Er kennt kein weibliches Verbot,
Drum raucht und dampft er wie ein Schlot.

Geschützt vor fremden Späherblicken,
Kann er sich selbst die Hose flicken.

Liebt er Musik, so darf er flöten,
Um angenehm die Zeit zu töten,
Und laut und kräftig darf er prusten,
Und ohne Rücksicht darf er husten,
Und allgemach vergißt man seiner.
Nur allerhöchstens fragt mal einer:
Was, lebt er noch? Ei schwerenot,
Ich dachte längst, er wäre tot.

Kurz, abgesehn vom Steuerzahlen,
Läßt sich das Glück nicht schöner malen.

Worauf denn auch der Satz beruht:
Wer einsam ist, der hat es gut.

Die Sache wird bedenklich

Sokrates, der alte Greis,
Sagte oft in tiefen Sorgen:
»Ach, wie viel ist doch verborgen,
Was man immer noch nicht weiß.«

Und so ist es. – Doch indessen
Darf man eines nicht vergessen:
Eines weiß man doch hienieden,
Nämlich, wenn man unzufrieden. –

Dies ist auch Tobias Knopp,
Und er ärgert sich darob.

Seine zwei Kanarienvögel
Die sind immer froh und kregel,
Während ihn so manches quält,
Weil es ihm bis dato fehlt.

Ja, die Zeit entfliehet schnell;
Knopp, du bist noch Junggesell! –

Zwar für Stiefel, Bett, Kaffee
Sorgt die gute Dorothee;
Und auch, wenn er dann und wann
Etwas nicht alleine kann,
Ist sie gleich darauf bedacht,
Daß sie es zurechte macht.
Doch ihm fehlt Zufriedenheit. –
Nur mit großer Traurigkeit
Bleibt er vor dem Spiegel stehn,
Um sein Bildnis zu besehn.
Vornerum ist alles blank;

Aber hinten, gottseidank,
Denkt er sich mit frohem Hoffen,
Wird noch manches angetroffen.

Oh, wie ist der Schreck so groß!
Hinten ist erst recht nichts los;
Und auch hier tritt ohne Frage
Nur der pure Kopf zutage. –

Auch bemerkt er außerdem,
Was ihm gar nicht recht bequem,
Daß er um des Leibes Mitten
Längst die Wölbung überschritten,
Welche für den Speiseschlauch,
Bei natürlichem Gebrauch,
Wie zum Trinken, so zum Essen,
Festgesetzt und abgemessen. –
Doch es bietet die Natur
Hierfür eine sanfte Kur.
Draußen, wo die Rosen sprießen,
Karrelsbader Salz genießen
Und melodisch sich bewegen,
Ist ein rechter Himmelssegen;
Und es steigert noch die Lust,
Wenn man immer sagt: du mußt.

Knopp, der sich dazu entschlossen,
Wandelt treu und unverdrossen.
Manchmal bleibt er sinnend stehn,
Manchmal kann ihn keiner sehn.
Aber bald so geht er wieder
Treubeflissen auf und nieder. –

Dieses treibt er vierzehn Tage;
Darnach steigt er auf die Waage,
Und da wird es freudig kund:

Heißa, minus zwanzig Pfund!
Wieder schwinden vierzehn Tage,
Wieder sitzt er auf der Waage,
Autsch, nun ist ja offenbar
Alles wieder, wie es war.

Ach, so denkt er, diese Welt
Hat doch viel, was nicht gefällt.
Rosen, Tanten, Basen, Nelken
Sind genötigt zu verwelken;
Ach – und endlich auch durch mich
Macht man einen dicken Strich.
Auch von mir wird man es lesen:
Knopp war da und ist gewesen.
Ach, und keine Träne fließt
Aus dem Auge, was es liest;
Keiner wird, wenn ich begraben,
Unbequemlichkeiten haben;
Keine Seele wird geniert,
Weil man keinen Kummer spürt.
Dahingegen spricht man dann:
Was geht dieser Knopp uns an?

Dies mag aber Knopp nicht leiden.
Beim Gedanken, so zu scheiden
In ein unverziertes Grab,
Drückt er eine Träne ab.
Sie liegt da, wo er gesessen,
Seinem Schmerze angemessen.

Dieses ist ja fürchterlich.
Also, Knopp, vermähle dich.
Mach dich auf und sieh dich um,
Reise mal 'n bissel rum.
Sieh mal dies und sieh mal das,
Und paß auf, du findest was.

O wie lieblich, o wie schicklich,
Sozusagen herzerquicklich,
Ist es doch für eine Gegend,
Wenn zwei Leute, die vermögend,
Außerdem mit sich zufrieden,
Aber von Geschlecht verschieden,
Wenn nun diese, sag ich, ihre
Dazu nötigen Papiere
So wie auch die Haushaltsachen
Endlich mal in Ordnung machen
Und in Ehren und beizeiten
Hin zum Standesamte schreiten,
Wie es denen, welche lieben,
Vom Gesetze vorgeschrieben,
Dann ruft jeder freudiglich:
»Gott sei Dank, sie haben sich!«
Daß es hierzu aber endlich
Kommen muß, ist selbstverständlich. –
Oder liebt man Pfänderspiele?
So was läßt den Weisen kühle.
Oder schätzt man Tanz und Reigen?
Von Symbolen laßt uns schweigen.
Oder will man unter Rosen
Innig miteinander kosen? –
Dies hat freilich seinen Reiz;
Aber elterlicherseits
Stößt man leicht auf so gewisse
Unbequeme Hindernisse,
Und man hat, um sie zu heben,
Als verlobt sich kundzugeben. –
Das ist allerdings was Schönes;

Dennoch mangelt dies und jenes.
Traulich im Familienkreise
Sitzt man da und flüstert leise,
Drückt die Daumen, küßt und plaudert,
Zehne schlägt's, indes man zaudert,
Mutter strickt und Vater gähnt,
Und, eh man was Böses wähnt,
Heißt es: »Gute Nacht, bis morgen!« –
Tief im Paletot verborgen,
Durch die schwarzen, nassen Gassen,
Die fast jeder Mensch verlassen,
Strebt man unmutsvoll nach Hause
In die alte, kalte Klause,
Wühlt ins Bett sich tief und tiefer,
Schnatteratt! so macht der Kiefer,
Und so etwa gegen eine
Kriegt man endlich warme Beine.
Kurz, Verstand sowie Empfindung
Dringt auf ehliche Verbindung. –
Dann wird's aber auch gemütlich.
Täglich, stündlich und minütlich
Darf man nun vereint zu zween
Arm in Arm spazierengehn!
Ja, was irgend schön und lieblich,
Segensreich und landesüblich
Und ein gutes Herz ergetzt,
Prüft, erfährt und hat man jetzt.

Die Liebe war nicht geringe.
Sie wurden ordentlich blaß;
Sie sagten sich tausend Dinge
Und wußten noch immer was.

Sie mußten sich lange quälen,
Doch schließlich kam's dazu,
Daß sie sich konnten vermählen.
Jetzt haben die Seelen Ruh.

Bei eines Strumpfes Bereitung
Sitzt sie im Morgenhabit;
Er liest in der Kölnischen Zeitung
Und teilt ihr das Nötige mit.

Die alte Sorge

Er kriegte Geld. Die Sorge wich,
Die ihn bisher beklommen.
Er hat die Jungfer Fröhlich sich
Zu seinem Schatz genommen.

Sie tranken Wein, sie aßen fein,
Sie sangen zum Klaviere;
Doch wie sie sich so recht erfreun,
Da klopft es an die Türe.

Die alte Sorge war's, o weh,
Die magerste der Sorgen.
Sie setzte sich ins Kanapee
Und wünschte guten Morgen.

Noch zwei?

Durch das Feld ging die Familie,
Als mit glückbegabter Hand
Sanft errötend Frau Ottilie
Eine Doppelähre fand.

Was die alte Sage kündet,
Hat sich öfter schon bewährt:
Dem, der solche Ähren findet,
Wird ein Doppelglück beschert.

Vater Franz blickt scheu zur Seite.
Zwei zu fünf, das wäre viel.
Kinder, sprach er, aber heute
Ist es ungewöhnlich schwül.

Viel Freude macht, wie männiglich bekannt,
Für Mann und Weib der heilige Ehestand!
Und lieblich ist es für den Frommen,
Der die Genehmigung dazu bekommen,
Wenn er sodann nach der üblichen Frist
Glücklicher Vater und Mutter ist. –
Doch manchmal ärgert man sich bloß,
Denn die Ehe bleibt kinderlos. –

Dieses erfuhr nach einiger Zeit
Helene mit großer Traurigkeit. –

Nun wohnte allda ein frommer Mann,
Bei St. Peter dicht nebenan,
Von Frau'n und Jungfrau'n weit und breit
Hochgepriesen ob seiner Gelehrsamkeit. –
(Jetzt war er freilich schon etwas kränklich.)

O meine Tochter! – sprach er bedenklich –
Dieses ist ein schwierig' Kapitel;
Da helfen allein die geistlichen Mittel!
Drum, meine Beste, ist dies mein Rat:
Schreite hinauf den steilen Pfad
Und folge der seligen Pilgerspur
Gen Chosemont de bon secours,
Denn dorten, berühmt seit alter Zeit,
Stehet die Wiege der Fruchtbarkeit.
Und wer allda sich hinverfügt,
Und wer allda die Wiege gewiegt,
Der spürete bald nach selbigter Fahrt,
Daß die Geschichte anders ward.

Solches hat noch vor etzlichen Jahren
Leider Gotts! eine fromme Jungfer erfahren,
Welche, indem sie bis dato in diesen
Dingen nicht sattsam unterwiesen,
Aus Unbedacht und kindlichem Vergnügen
Die Wiege hat angefangen zu wiegen. –
Und ob sie schon nur ein wenig gewiegt,
Hat sie dennoch ein ganz kleines Kind gekriegt. –

Auch kam da ein frecher Pilgersmann,
Der rühret aus Vorwitz die Wiegen an.
Darauf nach etwa etzlichen Wochen,
Nachdem er dieses verübt und verbrochen,
Und – – Doch, meine Liebe, genug für heute!
Ich höre, daß es zur Metten läute.
Addio! Und Trost sei Dir beschieden!
Zeuge hin in Frieden!

Vater werden ist nicht schwer,
Vater sein dagegen sehr.

Ersteres wird gern geübt,
Weil es allgemein beliebt.
Selbst der Lasterhafte zeigt,
Daß er gar nicht abgeneigt;
Nur will er mit seinen Sünden
Keinen guten Zweck verbinden,
Sondern, wenn die Kosten kommen,
Fühlet er sich angstbeklommen.
Dieserhalb besonders scheut
Er die fromme Geistlichkeit,
Denn ihm sagt ein stilles Grauen:
Das sind Leute, welche trauen. –
So ein böser Mensch verbleibt
Lieber gänzlich unbeweibt. –
Ohne einen hochgeschätzten
Tugendsamen Vorgesetzten
Irrt er in der Welt umher,
Hat kein reines Hemde mehr,
Wird am Ende krumm und faltig,
Grimmig, greulich, ungestaltig,
Bis ihn dann bei Nacht und Tag
Gar kein Mädchen leiden mag.
Onkel heißt er günst'gen Falles,
Aber dieses ist auch alles. –

Oh, wie anders ist der Gute!
Er erlegt mit frischem Mute
Die gesetzlichen Gebühren,

Läßt sich redlich kopulieren,
Tut im stillen hocherfreut
Das, was seine Schuldigkeit,
Steht dann eines Morgens da
Als ein Vater und Papa
Und ist froh aus Herzensgrund,
Daß er dies so gut gekunnt.

Die erste alte Tante sprach:
Wir müssen nun auch dran denken,
Was wir zu ihrem Namenstag
Dem guten Sophiechen schenken.

Drauf sprach die zweite Tante kühn:
Ich schlage vor, wir entscheiden
Uns für ein Kleid in Erbsengrün,
Das mag Sophiechen nicht leiden.

Der dritten Tante war das recht:
Ja, sprach sie, mit gelben Ranken!
Ich weiß, sie ärgert sich nicht schlecht
Und muß sich auch noch bedanken.

»Heißa!!« – rufet Sauerbrot –
»Heißa! meine Frau ist tot!!

Hier in diesem Seitenzimmer
Ruhet sie bei Kerzenschimmer.

Heute stört sie uns nicht mehr,
Also, Alter, setz dich her,

Nimm das Glas und stoße an,
Werde niemals Ehemann,
Denn als solcher, kann man sagen,
Muß man viel Verdruß ertragen.

Kauf Romane und Broschüren,
Zahle Flechten und Turnüren,
Seidenkleider, Samtjacketts,
Zirkus- und Konzertbilletts –
Ewig hast du Nöckerei.
Gott sei Dank, es ist vorbei!!«

Es schwellen die Herzen,
Es blinkt der Stern.
Gehabte Schmerzen
Die hab ich gern.

Knarr! – da öffnet sich die Tür.
Wehe! Wer tritt da herfür!?
Madam Sauerbrot, die schein-
Tot gewesen, tritt herein.

Starr vor Schreck wird Sauerbrot,
Und nun ist er selber tot.

Eine kalte Geschichte

Der Wind der weht, die Nacht ist kühl.
Nach Hause wandelt Meister Zwiel.

Verständig, wie das seine Art,
Hat er den Schlüssel aufbewahrt.

Das Schlüsselloch wird leicht vermißt,
Wenn man es sucht, wo es nicht ist.

Allmählich schneit es auch ein bissel;
Der kalten Hand entfällt der Schlüssel.

Beschwerlich ist die Bückerei;
Es lüftet sich der Hut dabei.

Der Hut ist naß und äußerst kalt;
Wenn das so fortgeht, friert es bald.

Noch einmal bückt der Meister sich,
Doch nicht geschickt erweist er sich.

Das Wasser in dem Fasse hier
Hat etwa null Grad Reaumur.

Es bilden sich in diesem Falle
Die sogenannten Eiskristalle.

Der Wächter singt: Bewahrt das Licht!
Der kalte Meister hört es nicht.

Er sitzt gefühllos, starr und stumm;
Der Schnee fällt drauf und drum herum.

Der Morgen kommt so trüb und grau;
Frau Pieter kommt, die Millichfrau;

Auch kommt sogleich mit ihrem Topf
Frau Zwiel heraus und neigt den Kopf.
»Schau schau!« ruft sie, in Schmerz versunken,
»Mein guter Zwiel hat ausgetrunken!

Von nun an, liebe Madam Pieter,
Bitt ich nur um ein Viertel Liter!«

Es ist halt schön,
Wenn wir die Freunde kommen sehn. –
Schön ist es ferner, wenn sie bleiben
Und sich mit uns die Zeit vertreiben. –
Doch wenn sie schließlich wieder gehn,
Ist's auch recht schön. –

IV

Die Krallen scharf, die Augen gluh

Sie stritten sich beim Wein herum,
Was das nun wieder wäre;
Das mit dem Darwin wär gar zu dumm
Und wider die menschliche Ehre.

Sie tranken manchen Humpen aus,
Sie stolperten aus den Türen,
Sie grunzten vernehmlich und kamen zu Haus
Gekrochen auf allen vieren.

Unverhofft

Der Negerknabe ging so still
Am Nil dahin. Plötzlich erblickt er
Ein unverhofftes Krokodil.
Oh, wie erschrickt er!!

Pegasus, du alter Renner,
Trag mich mal nach Afrika,
Alldieweil so schwarze Männer
Und so bunte Vögel da.

Kleider sind da wenig Sitte;
Höchstens trägt man einen Hut,
Auch wohl einen Schurz der Mitte;
Man ist schwarz und damit gut. –

Dann ist freilich jeder bange,
Selbst der Affengreis entfleucht,
Wenn die lange Brillenschlange
Zischend von der Palme kreucht.

Kröten fallen auf den Rücken,
Ängstlich wird das Bein bewegt;
Und der Strauß muß heftig drücken,
Bis das große Ei gelegt.

Krokodile weinen Tränen,
Geier sehen kreischend zu;
Sehr gemein sind die Hyänen;
Schäbig ist der Marabu.

Nur die Affen, voller Schnacken,
Haben Vor- und Hinterhand;
Emsig mummeln ihre Backen;
Gerne hockt man beieinand.

Papa schaut in eine Stelle,
Onkel kratzt sich sehr geschwind,
Tante kann es grad so schnelle,
Mama untersucht das Kind.

Fipps – so wollen wir es nennen. –
Aber wie er sich betrug,
Wenn wir ihn genauer kennen,
Ach, das ist betrübt genug.

Selten zeigt er sich beständig,
Einmal hilft er aus der Not;
Anfangs ist er recht lebendig,
Und am Schlusse ist er tot.

Es saß ein Fuchs im Walde tief.
Da schrieb ihm der Bauer einen Brief:
So und so, und er sollte nur kommen,
's wär alles verziehn, was übelgenommen.
Der Hahn, die Hühner und Gänse ließen
Ihn alle zusammen auch vielmals grüßen.
Und wann ihn denn erwarten sollte
Sein guter, treuer Krischan Bolte.
Drauf schrieb der Fuchs mit Gänseblut:
Kann nicht gut.
Meine Alte mal wieder
Gekommen nieder!
Im übrigen von ganzer Seele
Dein Fuchs in der Höhle.

Hund und Katze

Miezel, eine schlaue Katze,
Molly, ein begabter Hund,
Wohnhaft an demselben Platze,
Haßten sich aus Herzensgrund.

Schon der Ausdruck ihrer Mienen,
Bei gesträubter Haarfrisur,
Zeigt es deutlich: Zwischen ihnen
Ist von Liebe keine Spur.

Doch wenn Miezel in dem Baume,
Wo sie meistens hin entwich,
Friedlich dasitzt wie im Traume,
Dann ist Molly außer sich.

Beide lebten in der Scheune,
Die gefüllt mit frischem Heu.
Alle beide hatten Kleine,
Molly zwei und Miezel drei.

Einst zur Jagd ging Miezel wieder
Auf das Feld. Da geht es bumm.
Der Herr Förster schoß sie nieder.
Ihre Lebenszeit ist um.

Oh, wie jämmerlich miauen
Die drei Kinderchen daheim.
Molly eilt, sie zu beschauen,
Und ihr Herz geht aus dem Leim.

Und sie trägt sie kurz entschlossen
Zu der eignen Lagerstatt,
Wo sie nunmehr fünf Genossen
An der Brust zu Gaste hat.

Mensch mit traurigem Gesichte,
Sprich nicht nur von Leid und Streit.
Selbst in Brehms Naturgeschichte
Findet sich Barmherzigkeit.

Ein Maulwurf

Die laute Welt und ihr Ergötzen,
Als eine störende Erscheinung,
Vermag der Weise nicht zu schätzen.

Ein Maulwurf war der gleichen Meinung.
Er fand an Lärm kein Wohlgefallen,
Zog sich zurück in kühle Hallen
Und ging daselbst in seinem Fach
Stillfleißig den Geschäften nach.

Zwar sehen konnt er da kein bissel,
Indessen sein getreuer Rüssel,
Ein Nervensitz voll Zartgefühl,
Führt sicher zum erwünschten Ziel.

Als Nahrung hat er sich erlesen
Die Leckerbissen der Chinesen,
Den Regenwurm und Engerling,
Wovon er vielfach fette fing.

Die Folge war, was ja kein Wunder,
Sein Bäuchlein wurde täglich runder,
Und wie das häufig so der Brauch,
Der Stolz wuchs mit dem Bauche auch.

Wohl ist er stattlich von Person
Und kleidet sich wie ein Baron,
Nur schad, ihn und sein Sammetkleid
Sah niemand in der Dunkelheit.

So trieb ihn denn der Höhensinn,
Von unten her nach oben hin,
Zehn Zoll hoch, oder gar noch mehr,
Zu seines Namens Ruhm und Ehr
Gewölbte Tempel zu entwerfen,
Um denen draußen einzuschärfen,
Daß innerhalb noch einer wohne,
Der etwas kann, was nicht so ohne.

Mit Baulichkeiten ist es mißlich.
Ob man sie schätzt, ist ungewißlich.

Ein Mensch von andrem Kunstgeschmacke,
Ein Gärtner, kam mit einer Hacke.

Durch kurzen Hieb nach langer Lauer
Zieht er ans Licht den Tempelbauer
Und haut so derb ihn übers Ohr,
Daß er den Lebensgeist verlor.

Da liegt er nun, der stolze Mann.
Wer tut die letzte Ehr ihm an?

Drei Käfer, schwarz und gelb gefleckt,
Die haben ihn mit Sand bedeckt.

Der Maulwurf

In seinem Garten freudevoll
Geht hier ein Gärtner namens Knoll.

Doch seine Freudigkeit vergeht.
Ein Maulwurf wühlt im Pflanzenbeet.

Schnell eilt er fort und holt die Hacke,
Daß er den schwarzen Wühler packe.

Jetzt ist vor allem an der Zeit
Die listige Verschwiegenheit.

Aha! Schon hebt sich was im Beet,
Und Knoll erhebt sein Jagdgerät.

Schwupp! da – und Knoll verfehlt das Ziel.
Die Hacke trennt sich von dem Stiel.

Das Instrument ist schnell geheilt;
Ein Nagel wird hineingekeilt.

Und wieder steht er ernst und krumm
Und schaut nach keiner Seite um.

Klabumm! – So krieg die Schwerenot!
Der Nachbar schießt die Spatzen tot.

Doch immerhin und einerlei!
Ein Flintenschuß ist schnell vorbei.

Schon wieder wühlt das Ungetier.
»Wart!« – denkt sich Knoll – »Jetzt kommen wir!«

Er schwingt die Hacke voller Hast –
Radatsch! – o schöner Birnenast!

Die Hacke ärgert ihn doch sehr,
Drum holt er jetzt den Spaten her.

Nun, Alter, sei gescheit und weise,
Und mache leise, leise, leise!

Schnarräng!! – Da tönt ihm in das Ohr
Ein Bettelmusikantenchor.

Musik wird oft nicht schön gefunden,
Weil sie stets mit Geräusch verbunden.

Kaum ist's vorbei mit dem Trara,
So ist der Wühler wieder da.

Schnupp! dringt die Schaufel, wie der Blitz,
Dem Maulwurf unter seinen Sitz.

Und mit Hurra in einem Bogen
Wird er herauf ans Licht gezogen.

Aujau! Man setzt sich in den Rechen
Voll spitzer Stacheln, welche stechen.

Und Knoll zieht für den Augenblick
Sich schmerzlich in sich selbst zurück.

Schon hat der Maulwurf sich derweil
Ein Loch gescharrt in Angst und Eil.

Doch Knoll, der sich emporgerafft,
Beraubt ihn seiner Lebenskraft.

Da liegt der schwarze Bösewicht
Und wühlte gern und kann doch nicht;
Denn hinderlich, wie überall,
Ist hier der eigne Todesfall.

Es sitzt ein Vogel auf dem Leim,
Er flattert sehr und kann nicht heim.
Ein schwarzer Kater schleicht herzu,
Die Krallen scharf, die Augen gluh.
Am Baum hinauf und immer höher
Kommt er dem armen Vogel näher.

Der Vogel denkt: Weil das so ist
Und weil mich doch der Kater frißt,
So will ich keine Zeit verlieren,
Will noch ein wenig quinquilieren
Und lustig pfeifen wie zuvor.
Der Vogel, scheint mir, hat Humor.

Die Meise

Auguste, wie fast jede Nichte,
Weiß wenig von Naturgeschichte.
Zu bilden sie in diesem Fache,
Ist für den Onkel Ehrensache.

Auguste, sprach er, glaub es mir,
Die Meise ist ein nettes Tier.
Gar zierlich ist ihr Leibesbau,
Auch ist sie schwarz, weiß, gelb und blau.
Hell flötet sie und klettert munter
Am Strauch kopfüber und kopfunter.
Das härt'ste Korn verschmäht sie nicht,
Sie hämmert, bis die Schale bricht.
Mohnköpfchen bohrt sie mit Verstand
Ein Löchlein in den Unterrand,
Weil dann die Sämerei gelind
Von selbst in ihren Schnabel rinnt.
Nicht immer liebt man Fastenspeisen,
Der Grundsatz gilt auch für die Meisen.
Sie gucken scharf in alle Ritzen,
Wo fette Käferlarven sitzen,
Und fangen sonst noch Myriaden
Insekten, die dem Menschen schaden,
Und hieran siehst du außerdem,
Wie weise das Natursystem. –
So zeigt er wie die Sache lag.

Es war kurz vor Martinitag.
Wer dann vernünftig ist und kann's
Sich leisten, kauft sich eine Gans.

Auch an des Onkels Außengiebel
Hing eine solche, die nicht übel,
Um, nackt im Freien aufgehangen,
Die rechte Reife zu erlangen.
Auf diesen Braten freute sich
Der Onkel sehr und namentlich
Vor allem auf die braune Haut,
Obgleich er sie nur schwer verdaut.

Martini kam, doch kein Arom
Von Braten spürt der gute Ohm.
Statt dessen trat voll Ungestüm
Die Nichte ein und zeigte ihm
Die Gans, die kaum noch Gans zu nennen,
Ein Scheusal, nicht zum Wiederkennen,
Zernagt beinah bis auf die Knochen.
Kein Zweifel war, wer dies verbrochen,
Denn deutlich lehrt der Augenschein,
Es konnten nur die Meisen sein.
Also ade! du braune Kruste.

Ja, lieber Onkel, sprach Auguste,
Die gern, nach weiblicher Manier,
Bei einem Irrtum ihn ertappt:
Die Meise ist ein nettes Tier.
Da hast du wieder recht gehabt.

Drei Wochen war der Frosch so krank!
Jetzt raucht er wieder, Gott sei Dank!

Die Schnecken

Rötlich dämmert es im Westen
Und der laute Tag verklingt,
Nur daß auf den höchsten Ästen
Lieblich noch die Drossel singt.

Jetzt in dichtbelaubten Hecken,
Wo es still verborgen blieb,
Rüstet sich das Volk der Schnecken
Für den nächtlichen Betrieb.

Tastend streckt sich ihr Gehörne.
Schwach nur ist das Augenlicht.
Dennoch schon aus weiter Ferne
Wittern sie ihr Leibgericht.

Schleimig, säumig, aber stete,
Immer auf dem nächsten Pfad,
Finden sie die Gartenbeete
Mit dem schönsten Kopfsalat.

Hier vereint zu ernsten Dingen,
Bis zum Morgensonnenschein,
Nagen sie geheim und dringen
Tief ins grüne Herz hinein.

Darum braucht die Köchin Jettchen
Dieses Kraut nie ohne Arg.
Sorgsam prüft sie jedes Blättchen,
Ob sich nichts darin verbarg.

Sie hat Furcht, den Zorn zu wecken
Ihres lieben gnädgen Herrn.
Kopfsalat, vermischt mit Schnecken,
Mag der alte Kerl nicht gern.

Die Mücken

Dich freut die warme Sonne.
Du lebst im Monat Mai.
In deiner Regentonne
Da rührt sich allerlei.

Viel kleine Tierlein steigen
Bald auf-, bald niederwärts,
Und, was besonders eigen,
Sie atmen mit dem Sterz.

Noch sind sie ohne Tücken,
Rein kindlich ist ihr Sinn.
Bald aber sind sie Mücken
Und fliegen frei dahin.

Sie fliegen auf und nieder
Im Abendsonnenglanz
Und singen feine Lieder
Bei ihrem Hochzeitstanz.

Du gehst zu Bett um zehne,
Du hast zu schlafen vor,
Dann hörst du jene Töne
Ganz dicht an deinem Ohr.

Drückst du auch in die Kissen
Dein wertes Angesicht,
Dich wird zu finden wissen
Der Rüssel, welcher sticht.

Merkst du, daß er dich impfe,
So reib mit Salmiak
Und dreh dich um und schimpfe
Auf dieses Mückenpack.

Duldsam

Des morgens früh, sobald ich mir
Mein Pfeifchen angezündet,
Geh ich hinaus zur Hintertür,
Die in den Garten mündet.

Besonders gern betracht ich dann
Die Rosen, die so niedlich;
Die Blattlaus sitzt und saugt daran
So grün, so still, so friedlich.

Und doch wird sie, so still sie ist,
Der Grausamkeit zur Beute;
Der Schwebefliegen Larve frißt
Sie auf bis auf die Häute.

Schluppwespchen flink und klimperklein,
So sehr die Laus sich sträube,
Sie legen doch ihr Ei hinein
Noch bei lebendgem Leibe.

Sie aber sorgt nicht nur mit Fleiß
Durch Eier für Vermehrung,
Sie kriegt auch Junge hundertweis
Als weitere Bescherung.

Sie nährt sich an dem jungen Schaft
Der Rosen, eh sie welken;
Ameisen kommen, ihr den Saft
Sanft streichelnd abzumelken.

So seh ich in Betriebsamkeit
Das hübsche Ungeziefer
Und rauche während dieser Zeit
Mein Pfeifchen tief und tiefer.

Daß keine Rose ohne Dorn,
Bringt mich nicht aus dem Häuschen.
Auch sag ich ohne jeden Zorn:
Kein Röslein ohne Läuschen!

Sie war ein Blümlein hübsch und fein,
Hell aufgeblüht im Sonnenschein.
Er war ein junger Schmetterling,
Der selig an der Blume hing.
Oft kam ein Bienlein mit Gebrumm
Und nascht und säuselt da herum.
Oft kroch ein Käfer kribbelkrab
Am hübschen Blümlein auf und ab.
Ach Gott, wie das dem Schmetterling
So schmerzlich durch die Seele ging.
Doch was am meisten ihn entsetzt,
Das Allerschlimmste kam zuletzt.
Ein alter Esel fraß die ganze
Von ihm so heiß geliebte Pflanze.

Gemartert

Ein gutes Tier
Ist das Klavier,
Still, friedlich und bescheiden,
Und muß dabei
Doch vielerlei
Erdulden und erleiden.

Der Virtuos
Stürzt darauf los
Mit hochgesträubter Mähne.
Er öffnet ihm
Voll Ungestüm
Den Leib, gleich der Hyäne.

Und rasend wild,
Das Herz erfüllt
Von mörderlicher Freude,
Durchwühlt er dann,
Soweit er kann,
Des Opfers Eingeweide.

Wie es da schrie,
Das arme Vieh,
Und unter Angstgewimmer
Bald hoch, bald tief
Um Hilfe rief,
Vergeß ich nie und nimmer.

V
Pfannekuchen und Salat

Widmung für ein Kochbuch

Es wird behauptet, und mit Grund,
Ein nützlich Werkzeug sei der Mund. –
Zum ersten: Läßt das Ding sich dehnen,
Wie Guttapercha, um zu gähnen.
Ach Grete! Wenn Du dieses mußt,
Tu es im stillen, doch mit Lust.
Zum zweiten: Wenn es grad vonnöten,
Kann man ihn spitzen, um zu flöten.
Sitzt dann der Schatz auch mal allein,
Dies wird ihm Unterhaltung sein.
Zum dritten: Läßt der Mund sich brauchen,
Wenn's irgend passend, um zu rauchen.
Dies kannst Du deinem guten Gatten,
Der darum bittet, wohl gestatten.
Zum vierten: Ist es kein Verbrechen,
Den Mund zu öffnen, um zu sprechen.
Vermeide nur Gemütserregung;
Sprich lieber sanft mit Überlegung.
Denn mancher hat sich schon beklagt:
Ach, hätt ich das doch nicht gesagt!
Zum fünften: Wie wir alle wissen,
So eignet sich der Mund zum Küssen.
Sei's offen, oder sei's verhohlen,
Gegeben oder nur gestohlen,
Ausdrücklich oder nebenher,
Bei Scheiden oder Wiederkehr,
Im Frieden und nach Kriegeszeiten,
Ein Kuß hat seine guten Seiten.
Zum Schluß jedoch nicht zu vergessen:
Hauptsächlich dient der Mund zum Essen.
Gar lieblich dringen aus der Küche

Bis an das Herz die Wohlgerüche.
Hier kann die Zunge fein und scharf
Sich nützlich machen, und sie darf.
Hier durch Gebrätel und Gebrittel
Bereitet man die Zaubermittel
In Töpfen, Pfannen oder Kesseln,
Um ewig den Gemahl zu fesseln;
Von hier aus herrscht mit schlauem Sinn
Die Haus- und Herzenskönigin. –

Liebs Gretchen! Halt Dich wohlgemut!
Regiere mild und koche gut!

Es wird mit recht ein guter Braten
Gerechnet zu den guten Taten;
Und daß man ihn gehörig mache,
Ist weibliche Charaktersache.
Ein braves Mädchen braucht dazu
Mal erstens reine Seelenruh,
Daß bei Verwendung der Gewürze
Sie sich nicht hastig überstürze.
Dann, zweitens, braucht sie Sinnigkeit,
Ja, sozusagen Innigkeit,
Damit sie alles appetitlich,
Bald so, bald so und recht gemütlich
Begießen, drehn und wenden könne,
Daß an der Sache nichts verbrenne.
In Summa braucht sie Herzensgüte,
Ein sanftes Sorgen im Gemüte,
Fast etwas Liebe insofern,
Für all die hübschen, edlen Herrn,
Die diesen Braten essen sollen
Und immer gern was Gutes wollen.
Ich weiß, daß hier ein jeder spricht:
Ein böses Mädchen kann es nicht.
Drum hab ich mir auch stets gedacht
Zu Haus und anderwärts:
Wer einen guten Braten macht,
Hat auch ein gutes Herz.

Rhadamant und Zamore

I.

O schönes Bild der Liebe!
Heil dir, Ägypterland!
Heil, Königin Zamore
Und König Rhadamant!

Sie löschten aus demselben
Pokale ihren Durst,
Sie aßen miteinander
Von einer Leberwurst.

Dem König ward so übel,
Der Königin noch mehr.
Sie mußten beide sterben
Und liebten sich so sehr.

In einer Pyramide
Da ruhn sie Hand in Hand,
Die Königin Zamore
Und König Rhadamant.

II.

Es steht die Pyramide
Dicht an des Niles Bord,
Da ruhn die Mumienleiber,
Die Seelen wandern fort.

Und auf dem Nilgewässer
Da schwimmt ein Gänserich,

In diesen fuhr die Seele,
Als Rhadamant verblich.

Zamore aber folgte
Den Spuren Rhadamants
Und fuhr zu gleicher Stunde
In eine wilde Gans.

Sie gickern und sie gackern
Und kosen miteinand;
Er gickert: Ach, Zamore!
Sie gackert: Rhadamant!!

III.

Es stieg aus ihren Ufern
Des Niles gelbe Flut,
Da faßt die treuen Gänse
Gewaltger Wandermut.

Die Brust erfüllt ein Sehnen
So wonnig und so weh,
Sie heben ihre Schwingen
Und fliegen über See.

Sie flogen hin nach Pommern
Und hatten guten Wind,
Nach Pommern, wo zu Hause
Die besten Gänse sind.

Da legte ihre Eier
Zamore in den Sand,
Heut brütet sie Zamore
Und morgen Rhadamant.

IV.

Das Glück der treuen Gatten
Zerstörte ein Barbar;
Ein pommerischer Junker
Der fing das Gänsepaar.

Er fing die treuen Gänse
Und mästet sie nach Brauch,
Und als er sie gemästet,
Hing er sie in den Rauch.

Da hängen sie nun beide
Getreu bis in den Tod:
Die vielgeprüften Seelen
Die fahren durch den Schlot.

Die Seele fährt von dannen,
Der Leib der wird versandt,
Als Pommerns Gänsebrüste
Bekannt in jedem Land.

Die Eier

Das weiß ein jeder, wer's auch sei,
Gesund und stärkend ist das Ei. –
Nicht nur in allerlei Gebäck,
Wo es bescheiden im Versteck;
Nicht nur in Soßen ist's beliebt,
Weil es denselben Rundung gibt –
Nicht eben dieserhalben nur –
Nein, auch in leiblicher Statur,
Gerechtermaßen abgesotten,
Zu Pellkartoffeln, Butterbrotten,
Erregt dasselbe fast bei allen
Ein ungeteiltes Wohlgefallen;
Und jeder rückt den Stuhl herbei
Und spricht: »Ich bitte um ein Ei!«

Pfannekuchen und Salat

Von Fruchtomletts da mag berichten
Ein Dichter aus den höhern Schichten.

Wir aber, ohne Neid nach oben,
Mit bürgerlicher Zunge loben
Uns Pfannekuchen und Salat.

Wie unsere Liese delikat
So etwas backt und zubereitet,
Sei hier in Worten angedeutet.

Drei Eier, frisch und ohne Fehl,
Und Milch und einen Löffel Mehl,
Die quirlt sie fleißig durcheinand
Zu einem innigen Verband.

Sodann, wenn Tränen auch ein Übel,
Zerstückelt sie und mengt die Zwiebel
Mit Öl und Salz zu einer Brühe,
Daß der Salat sie an sich ziehe.

Um diesen ferner herzustellen,
Hat sie Kartoffeln abzupellen.
Da heißt es, fix die Finger brauchen,
Den Mund zu spitzen und zu hauchen,
Denn heiß geschnitten nur allein
Kann der Salat geschmeidig sein.

Hierauf so geht es wieder heiter
Mit unserm Pfannekuchen weiter.

Nachdem das Feuer leicht geschürt,
Die Pfanne sorgsam auspoliert,
Der Würfelspeck hineingeschüttelt,
So daß es lustig brät und brittelt,
Pisch, kommt darüber mit Gezisch
Das ersterwähnte Kunstgemisch.

Nun zeigt besonders und apart
Sich Lieschens Geistesgegenwart,
Denn nur zu bald, wie allbekannt,
Ist solch ein Kuchen angebrannt.

Sie prickelt ihn, sie stockert ihn,
Sie rüttelt, schüttelt, lockert ihn
Und lüftet ihn, bis augenscheinlich
Die Unterseite eben bräunlich,
Die umgekehrt geschickt und prompt
Jetzt ihrerseits nach oben kommt.

Geduld, es währt nur noch ein bissel,
Dann liegt der Kuchen auf der Schüssel.

Doch späterhin die Einverleibung,
Wie die zu Mund und Herzen spricht,
Das spottet jeglicher Beschreibung,
Und darum endet das Gedicht.

Wo kriegten wir die Kinder her,
Wenn Meister Klapperstorch nicht wär?

Er war's, der Schmöcks in letzter Nacht
Ein kleines Zwillingspaar gebracht.
Der Vetter Franz, mit mildem Blick,
Hub an und sprach: »O welches Glück!
Welch' kleine, freundliche Kollegen!
Das ist fürwahr zwiefacher Segen!

Drum töne zwiefach Preis und Ehr!
Herr Schmöck, ich gratuliere sehr!«

Bald drauf um zwölf kommt Schmöck herunter,
So recht vergnügt und frisch und munter.

Und emsig setzt er sich zu Tische,
Denn heute gibt's Salat und Fische.

Autsch! – Eine Gräte kommt verquer,
Und Schmöck wird blau und hustet sehr;

Und hustet, bis ihm der Salat
Aus beiden Ohren fliegen tat.

Bums! Da! Er schließt den Lebenslauf.
Der Jean fängt schnell die Flasche auf.

»Oh!« – sprach der Jean – »Es ist ein Graus!
Wie schnell ist doch das Leben aus!«

Der Kohl

Unter all den hübschen Dingen
In der warmen Sommerzeit
Ist ein Korps von Schmetterlingen
Recht ergötzlich insoweit.

Bist du dann zu deinem Wohle
In den Garten hinspaziert,
Siehst du über deinem Kohle
Muntre Tänze aufgeführt.

Weiß gekleidet und behende
Flattert die vergnügte Schar,
Bis daß Lieb und Lust zu Ende
Wieder mal für dieses Jahr.

Zum getreuen Angedenken,
Auf den Blättern kreuz und quer,
Lassen sie zurück und schenken
Dir ein schönes Raupenheer.

Leidest du, daß diese Sippe
Weiterfrißt, wie sie begehrt,
Kriegst du nebst dem Blattgerippe
Nur noch Proben ohne Wert.

Also ist es zu empfehlen,
Lieber Freund, daß du dich bückst
Und sehr viele Raupenseelen,
Pitsch, aus ihren Häuten drückst.

Denn nur der ist wirklich weise,
Der auch in die Zukunft schaut.
Denk an deine Lieblingsspeise:
Schweinekopf mit Sauerkraut.

Bis auf weiters

Das Messer blitzt, die Schweine schrein,
Man muß sie halt benutzen,
Denn jeder denkt: Wozu das Schwein,
Wenn wir es nicht verputzen?

Und jeder schmunzelt, jeder nagt
Nach Art der Kannibalen,
Bis man dereinst Pfui Teufel! sagt
Zum Schinken aus Westfalen.

Das Brot

Er saß beim Frühstück äußerst grämlich,
Da sprach ein Krümchen Brot vernehmlich:

Aha, so ist es mit dem Orden
Für diesmal wieder nichts geworden.
Ja Freund, wer seinen Blick erweitert
Und schaut nach hinten und nach vorn,
Der preist den Kummer, denn er läutert.
Ich selber war ein Weizenkorn.
Mit vielen, die mir anverwandt,
Lag ich im rauhen Ackerland.
Bedrückt von einem Erdenkloß,
Macht ich mich mutig strebend los.
Gleich kam ein alter Has gehupft
Und hat mich an der Nas gezupft,
Und als es Winter ward, verfror,
Was peinlich ist, mein linkes Ohr,
Und als ich reif mit meiner Sippe,
O weh, da hat mit seiner Hippe
Der Hans uns rutschweg abgesäbelt
Und zum Ersticken festgeknebelt
Und auf die Tenne fortgeschafft,
Wo ihrer vier mit voller Kraft
In regelrechtem Flegeltakte
Uns klopften, daß die Schwarte knackte.
Ein Esel trug uns nach der Mühle.
Ich sage dir, das sind Gefühle,
Wenn man, zerrieben und gedrillt
Zum allerfeinsten Staubgebild,
Sich kaum besinnt und fast vergißt,
Ob Sonntag oder Montag ist.

Und schließlich schob der Bäckermeister,
Nachdem wir erst als zäher Kleister
In seinem Troge baß gehudelt,
Vermengt, geknetet und vernudelt,
Uns in des Ofens höchste Glut.
Jetzt sind wir Brot. Ist das nicht gut?
Frischauf, du hast genug, mein Lieber,
Greif zu und schneide nicht zu knapp
Und streiche tüchtig Butter drüber
Und gib den andern auch was ab.

Dämmrung war es, als Adele
Mit dem Freunde ihrer Seele,
Der so gerne Pudding aß,
Traulich bei der Tafel saß.

»Pudding«, sprach er, »ist mein Bestes!«
Drum zum Schluß des kleinen Festes
Steht der wohlgeformte große
Pudding mit der roten Soße
Braun und lieblich duftend da,
Was der Freund mit Wonne sah.
Aber, ach du meine Güte,
Plötzlich stockt das Herzgeblüte. –

Angelockt von Wohlgerüchen
Hat sich Fipps herbeigeschlichen,
Um mit seinen gier'gen Händen
Diesen Pudding zu entwenden,
Hergestellt mit großem Fleiß.

Ätsch! die Sache ist zu heiß! –

Ärgerlich ist solche Hitze.
Schlapp! der Freund hat eine Mütze
Tief bis über beide Backen.
Platsch! und in Adelens Nacken,
Tief bis unten in das Mieder,
Rinnt die rote Soße nieder.

So wird oft die schönste Stunde
In der Liebe Seelenbunde
Durch Herbeikunft eines Dritten
Mitten durch- und abgeschnitten;
Und im Innern wehmutsvoll
Tönt ein dumpfes: kolleroll!

Dem Gourmand träumt es so süße
In der Silvesternacht:
Es hätt' ihm ein kleiner Engel
Was auf die Zunge gemacht.

Wer Sorgen hat, hat auch Likör.
Dies ist ein Brauch von alters her.
Doch wer zufrieden und vergnügt,
Sieht *auch* zu, daß er welchen kriegt.

VI
Mein Individuum

Einleitung

Der Weise, welcher sitzt und denkt
Und tief sich in sich selbst versenkt,
Um in der Seele Dämmerschein
Sich an der Wahrheit zu erfreun,
Der leert bedenklich seine Flasche,
Hebt seine Dose aus der Tasche,
Nimmt eine Prise, macht Habschieh!
Und spricht:

»Mein Sohn, die Sach ist die!
Eh man auf diese Welt gekommen
Und noch so still vorlieb genommen,
Da hat man noch bei nichts was bei;
Man schwebt herum, ist schuldenfrei,
Hat keine Uhr und keine Eile
Und äußerst selten Langeweile.
Allein man nimmt sich nicht in acht,
Und schlupp! ist man zur Welt gebracht.

Zuerst hast Du es gut, mein Sohn,
Doch paß mal auf, man kommt Dir schon!
Bereits Dein braves Elternpaar
Erscheint Dir häufig sonderbar.
Es saust der Stab, dann geht es schwapp!
Sieh da, mein Sohn, Du kriegst was ab.
Und schon erscheint Dir unabwendlich
Der Schmerzensruf: Das ist ja schändlich!

Du wächst heran, Du suchst das Weite,
Jedoch die Welt ist voller Leute;
Vorherrschend Juden, Weiber, Christen,

Die Dich ganz schrecklich überlisten,
Und die, anstatt Dir was zu schenken,
Wie Du wohl möchtest, nicht dran denken.
Und wieder scheint Dir unabweislich
Der Schmerzensruf: Das ist ja scheußlich!

Doch siehe da, im trauten Kreis
Sitzt Jüngling, Mann und Jubelgreis,
Und jeder hebt an seinen Mund
Ein Hohlgemäß, was meistens rund,
Um draus in ziemlich kurzer Zeit
Die drin enthaltne Flüssigkeit
Mit Lust und freudigem Bemühn
Zu saugen und herauszuziehn.
Weil jeder dies mit Eifer tut,
So sieht man wohl, es tut ihm gut.
Man setzt sich auch zu diesen Herrn,
Man tut es häufig, tut es gern,
Und möglichst lange tut man's auch;
Die Nase schwillt, es wächst der Bauch,
Und bald, mein Sohn, wirst Du mit Graun
Im Spiegelglas Dein Bildnis schaun,
Und wieder scheint Dir unerläßlich
Der Schmerzensruf: Das ist ja gräßlich!!

Mein lieber Sohn, Du tust mir leid.
Dir mangelt die Enthaltsamkeit.
Enthaltsamkeit ist das Vergnügen
An Sachen, welche wir nicht kriegen.
Drum lebe mäßig, denke klug.
Wer nichts gebraucht, der hat genug!«

So spricht der Weise, grau von Haar,
Ernst, würdig, sachgemäß und klar,
Wie sich's gebührt in solchen Dingen;
Läßt sich ein Dutzend Austern bringen,

Ißt sie, entleert die zweite Flasche,
Hebt seine Dose aus der Tasche,
Nimmt eine Prise, macht habschüh!
Schmückt sich mit Hut und Paraplü,
Bewegt sich mit Bedacht nach Haus
Und ruht von seinem Denken aus.

Früher, da ich unerfahren
Und bescheidner war als heute,
Hatten meine höchste Achtung
Andre Leute.
Später traf ich auf der Weide
Außer mir noch mehre Kälber,
Und nun schätz ich, sozusagen,
Erst mich selber.

Der Kobold

In einem Häuschen, sozusagen –
(Den ersten Stock bewohnt der Magen)
In einem Häuschen war's nicht richtig.
Darinnen spukt und tobte tüchtig
Ein Kobold, wie ein wildes Bübchen,
Vom Keller bis zum Oberstübchen.
Fürwahr, es war ein bös Getös.
Der Hausherr wird zuletzt nervös,
Und als ein desperater Mann
Steckt er kurzweg sein Häuschen an
Und baut ein Haus sich anderswo
Und meint, da ging es ihm nicht so.
Allein, da sieht er sich betrogen.
Der Kobold ist mit umgezogen
Und macht Spektakel und Rumor
Viel ärger noch als wie zuvor.
Ha, rief der Mann, wer bist du, sprich.
Der Kobold lacht: Ich bin dein Ich.

Das Lied von der roten Nase

Meine schöne rote Nase
Kommt mir gar nicht übel für,
Und daß ihr darüber spottet,
Freunde, das verbitt' ich mir.

Diese Nase ist mein eigen,
Ist in manchem Sturm erprobt,
Und wenn andre sie nicht loben,
Sei sie von mir selbst gelobt.

Ja! ich trage sie mit Stolze
Auf dem Meer und auf dem Land;
Denn ich hab, ihr könnt mir's glauben,
Manchen Gulden drangewandt.

Treulich hat sie mich begleitet,
Bald zum Schnaps und bald zum Wein;
Darum glänzt sie auch so prächtig
Wie ein roter Edelstein.

Und wenn erst die Stürme sausen
Durch das Land zur Winterzeit,
Dann erst steht sie recht im Glanze
Und in voller Herrlichkeit.

Dann will sie mir oft erscheinen,
Wenn ich sie im Spiegel schau',
Wie die schönste Purpurrose,
Frisch benetzt vom Morgentau,

Eine Rose, die symbolisch
Meinem ahnungsvollen Geist
Nach den rauhen Winterstürmen
Frühlings Wiederkehr verheißt,

Eine Rose, nicht wie andre,
Die, von rascher Glut erregt,
Bald verblühen und verblassen,
Wenn man sie zum Ofen trägt.

Nein! sie ist die Wunderrose,
Die gepriesen oft im Lied!
»Jene Rose ohne Dornen,
Die zu allen Zeiten blüht.«

Nicht artig

Man ist ja von Natur kein Engel,
Vielmehr ein Welt- und Menschenkind,
Und rings umher ist ein Gedrängel
Von solchen, die dasselbe sind.

In diesem Reich geborner Flegel,
Wer könnte sich des Lebens freun,
Würd es versäumt, schon früh die Regel
Der Rücksicht kräftig einzubläun.

Es saust der Stock, es schwirrt die Rute.
Du darfst nicht zeigen, was du bist.
Wie schad, o Mensch, daß dir das Gute
Im Grunde so zuwider ist.

Wenn alles sitzen bliebe,
Was wir in Haß und Liebe
So von einander schwatzen;
Wenn Lügen Haare wären,
Wir wären rauh wie Bären
Und hätten keine Glatzen.

Ich saß vergnüglich bei dem Wein
Und schenkte eben wieder ein.
Auf einmal fuhr mir in die Zeh
Ein sonderbar pikantes Weh.
Ich schob mein Glas sogleich beseit
Und hinkte in die Einsamkeit
Und wußte, was ich nicht gewußt:
Der Schmerz ist Herr und Sklavin ist die Lust.

Der Philosoph

Ein Philosoph von ernster Art
Der sprach und strich sich seinen Bart:

Ich lache nie. Ich lieb es nicht,
Mein ehrenwertes Angesicht
Durch Zähnefletschen zu entstellen
Und närrisch wie ein Hund zu bellen;
Ich lieb es nicht, durch ein Gemecker
Zu zeigen, daß ich Witzentdecker;
Ich brauche nicht durch Wertvergleichen
Mit andern mich herauszustreichen,
Um zu ermessen, was ich bin,
Denn dieses weiß ich ohnehin.

Das Lachen will ich überlassen
Den minder hochbegabten Klassen.

Ist einer ohne Selbstvertraun
In Gegenwart von schönen Fraun,
So daß sie ihn als faden Gecken
Abfahren lassen oder necken,
Und fühlt er drob geheimen Groll
Und weiß nicht, was er sagen soll,
Dann schwebt mit Recht auf seinen Zügen
Ein unaussprechliches Vergnügen.

Und hat er Kursverlust erlitten,
Ist er moralisch ausgeglitten,
So gibt es Leute, die doch immer
Noch dümmer sind als er und schlimmer,
Und hat er etwa krumme Beine,

So gibt's noch krümmere als seine.
Er tröstet sich und lacht darüber
Und denkt: Da bin ich mir doch lieber.

Den Teufel laß ich aus dem Spiele.
Auch sonst noch lachen ihrer viele,
Besonders jene ewig Heitern,
Die unbewußt den Mund erweitern,
Die, sozusagen, auserkoren
Zum Lachen bis an beide Ohren.

Sie freuen sich mit Weib und Kind
Schon bloß, weil sie vorhanden sind.

Ich dahingegen, der ich sitze
Auf der Betrachtung höchster Spitze,
Weit über allem Was und Wie,
Ich bin für mich und lache nie.

Ach, ich fühl es! Keine Tugend
Ist so recht nach meinem Sinn;
Stets befind ich mich am wohlsten,
Wenn ich damit fertig bin.

Dahingegen so ein Laster,
Ja, das macht mir viel Pläsier;
Und ich hab die hübschen Sachen
Lieber vor als hinter mir.

Individualität

Es ist mal so, daß ich so bin.
Weiß selber nicht warum.
Hier ist die Schenke. Ich bin drin
Und denke mir: Dideldum!

Daß das so ist, das tut mir leid.
Mein Individuum
Hat aber mal die Eigenheit,
Drum denk ich mir: Dideldum!

Und schaut die Jungfer Kellnerin
Sich auch nach mir nicht um;
Ich weiß ja doch, wie schön ich bin,
Und denke mir: Dideldum!

Und säße einer da abseit
Mit Knurren und Gebrumm
Und meint, ich wäre nicht gescheit,
So denk ich mir: Dideldum!

Doch kommt mir wer daher und spricht,
Ich wäre gar nicht frumm
Und hätte keine Tugend nicht,
Das nehm ich krumm. – Dideldum!

Die Selbstkritik hat viel für sich.
Gesetzt den Fall, ich tadle mich:
So hab ich erstens den Gewinn,
Daß ich so hübsch bescheiden bin;
Zum zweiten denken sich die Leut,
Der Mann ist lauter Redlichkeit;
Auch schnapp ich drittens diesen Bissen
Vorweg den andern Kritiküssen;
Und viertens hoff ich außerdem
Auf Widerspruch, der mir genehm.
So kommt es denn zuletzt heraus,
Daß ich ein ganz famoses Haus.

Fern liegt es mir, den Freund zu rügen,
Dem Tee zu kriegen ein Vergnügen
Und im Salon mit geistverwandten
Ästhetisch durchgeglühten Tanten
Durch Reden bald und bald durch Lauschen
Die Seelen säuselnd auszutauschen.
Auch tadl' ich keinen, wenn's ihn gibt,
Der diese Seligkeit nicht liebt,
Der keinen Tee mag, selbst von Engeln,
Dem's da erst wohl, wo Menschen drängeln.
Ihn fährt die Droschke, zieht das Herz
Zu schönen Opern und Konzerts,
Die auch im Grund, was nicht zu leugnen,
Zum Zwiegespräch sich trefflich eignen.
Man sitzt gesellig unter vielen
So innig nah auf Polsterstühlen,
Man ist so voll humaner Wärme,
Doch ewig stört uns das Gelärme,
Das Grunzen, Plärren und Gegirre
Der musikalischen Geschirre,
Die eine Schar im schwarzen Fracke
Mit krummen Fingern, voller Backe,
Von Meister Zappelmann gehetzt,
Hartnäckig in Bewegung setzt.
So kommt die rechte Unterhaltung
Nur ungenügend zur Entfaltung.

Ich bin daher, statt des Gewinsels,
Mehr für die stille Welt des Pinsels;
Und, was auch einer sagen mag,
Genußreich ist der Nachmittag,

Den ich inmitten schöner Dinge
Im lieben Kunstverein verbringe;
Natürlich meistenteils mit Damen.
Hier ist das Reich der goldnen Rahmen,
Hier herrschen Schönheit und Geschmack,
Hier riecht es angenehm nach Lack;
Hier gibt die Wand sich keine Blöße,
Denn Prachtgemälde jeder Größe
Bekleiden sie und warten ruhig,
Bis man sie würdigt, und das tu ich.
Mit scharfem Blick, nach Kennerweise,
Seh ich zunächst mal nach dem Preise,
Und bei genauerer Betrachtung
Steigt mit dem Preise auch die Achtung.
Ich blicke durch die hohle Hand,
Ich blinzle, nicke: »Ah, scharmant!
Das Kolorit, die Pinselführung,
Die Farbentöne, die Gruppierung,
Dies Lüster, diese Harmonie,
Ein Meisterwerk der Phantasie.
Ach, bitte, sehn Sie nur, Komteß!«
Und die Komteß, sich unterdeß
Im duftigen Batiste schneuzend,
Erwidert schwärmrisch: »Oh, wie reizend!«
Und wahrlich! Preis und Dank gebührt
Der Kunst, die diese Welt verziert.

Der Architekt ist hochverehrlich,
(Obschon die Kosten oft beschwerlich)
Weil er uns unsre Erdenkruste,
Die alte, rauhe und berußte,
Mit saubern Baulichkeiten schmückt,
Mit Türmen und Kasernen spickt.

Der Plastiker, der uns ergötzt,
Weil er die großen Männer setzt,

Grauschwärzlich, grünlich oder weißlich,
Schon darum ist er löb- und preislich,
Daß jeder, der z. B. fremd
Soeben erst vom Bahnhof kömmt,
In der ihm unbekannten Stadt
Gleich den bekannten Schiller hat.

Doch größern Ruhm wird der verdienen,
Der Farben kauft und malt mit ihnen.

Wer weiß die Hallen und dergleichen
So welthistorisch zu bestreichen?
Al fresco und für ewig fast,
Wenn's mittlerweile nicht verblaßt.
Wer liefert uns die Genresachen,
So rührend oder auch zum Lachen?
Wer schuf die grünen Landschaftsbilder,
Die Wirtshaus- und die Wappenschilder?
Wer hat die Reihe deiner Väter
Seit tausend Jahren oder später
So meisterlich in Öl gesetzt?
Wer wird vor allen hochgeschätzt?
Der Farbenkünstler! Und mit Grund!
Er macht uns diese Welt so bunt.

Darum, o Jüngling, fasse Mut;
Setz auf den hohen Künstlerhut
Und wirf dich auf die Malerei;
Vielleicht verdienst du was dabei!

Immer wieder

Der Winter ging, der Sommer kam.
Er bringt aufs neue wieder
Den vielbeliebten Wunderkram
Der Blumen und der Lieder.

Wie das so wechselt Jahr um Jahr,
Betracht ich fast mit Sorgen.
Was lebte, starb, was ist, es war,
Und heute wird zu morgen.

Stets muß die Bildnerin Natur
Den alten Ton benützen,
In Haus und Garten, Wald und Flur,
Zu ihren neuen Skizzen.

Ein alter Kauz, im hohlen Baum,
Vertieft in seinen Tagestraum,
Doch aufgewacht durch lautes Pochen
Von Meister Specht und durch die Lieder
Der Vöglein, ist hervorgekrochen
Und spricht also:
»Ihr Waldesbrüder!
Die Welt, das läßt sich nicht bestreiten,
Hat ihre angenehmen Seiten;
Sie liefert Körner, Käfer, Mäuse
Zum Wohlgeschmack in jeder Weise
Und geht auch wohl so bald nicht unter.
Ich grüße euch; bleibt nur hübsch munter
Und macht euch möglichst viel Pläsier.
Doch ich, der alt und kalt geworden,
Ich passe nicht in euren Orden;
Mir ziemt die Ruhe. Gönnt sie mir.«
Und als der Kauz also gesprochen,
Ist er zurück ins Loch gekrochen.

Meistens schüchtern, selten herrisch,
Manchmal ernsthaft, manchmal närrisch
Zog er durch das Weltgetriebe,
Und fast immer fand er Liebe.

Beruhigt

Zwei mal zwei gleich vier ist Wahrheit.
Schade, daß sie leicht und leer ist,
Denn ich wollte lieber Klarheit
Über das, was voll und schwer ist.

Emsig sucht ich aufzufinden,
Was im tiefsten Grunde wurzelt,
Lief umher nach allen Winden
Und bin oft dabei gepurzelt.

Endlich baut ich eine Hütte.
Still nun zwischen ihren Wänden
Sitz ich in der Welten Mitte,
Unbekümmert um die Enden.

Unfrei

Ganz richtig, diese Welt ist nichtig.
Auch du, der in Person erscheint,
Bist ebenfalls nicht gar so wichtig,
Wie deine Eitelkeit vermeint.

Was hilft es dir, damit zu prahlen,
Daß du ein freies Menschenkind?
Mußt du nicht pünktlich Steuern zahlen,
Obwohl sie dir zuwider sind?

Wärst du vielleicht auch, sozusagen,
Erhaben über gut und schlecht,
Trotzdem behandelt dich dein Magen
Als ganz gemeinen Futterknecht.

Lang bleibst du überhaupt nicht munter.
Das Alter kommt und zieht dich krumm
Und stößt dich rücksichtslos hinunter
Ins dunkle Sammelsurium.

Daselbst umfängt dich das Gewimmel
Der Unsichtbaren, wie zuerst,
Eh du erschienst, und nur der Himmel
Weiß, ob und wann du wiederkehrst.

Tröstlich

Die Lehre von der Wiederkehr
Ist zweifelhaften Sinns.
Es fragt sich sehr, ob man nachher
Noch sagen kann: Ich bin's.

Allein was tut's, wenn mit der Zeit
Sich ändert die Gestalt?
Die Fähigkeit zu Lust und Leid
Vergeht wohl nicht so bald.

VII

Wie ehedem, die Ewigkeit

Zum Neujahr

Bald, so wird es zwölfe schlagen.
Prost Neujahr! wird mancher sagen;
Aber mancher ohne rrren!
Denn es gibt vergnügte Herren.
  Auch ich selbst, auf meinen Wunsch,
  Mache mir ein wenig Punsch. –

Wie ich nun allhier so sitze
Bei des Ofens milder Hitze,
Angetan den Rock der Ruhe
Und die schön verzierten Schuhe,
Und entlocke meiner Pfeife
Langgedehnte Wolkenstreife;
Da spricht mancher wohl entschieden:
Dieser Mensch ist recht zufrieden!
Leider muß ich, dem entgegen,
Schüttelnd meinen Kopf bewegen. –
  Schweigend lüfte ich das Glas.
  (Ach, wie schön bekömmt mir das.) –

Sonsten, wie erfreulich war es,
Wenn man so am Schluß des Jahres,
Oder in des Jahres Mitten,
Zum bewußten Schrein geschritten
Und in süßem Traum verloren
Emsig den Coupon geschoren;
Aber itzo auf die Schere
Sickert eine Trauerzähre,
Währenddem der Unterkiefer
Tiefer sinkt und immer tiefer. –
  Traurig leere ich das Glas.
  (Ach, wie schön bekömmt mir das.) –

Henriette, dieser Name
Füllt mich auch mit tiefem Grame.
Die ich einst in leichten Stoffen
Herzbeklemmend angetroffen
Nachts auf dem Kasinoballe;
Sie, die später auf dem Walle
Beim Ziewiet der Philomele
Meine unruhvolle Seele
Hoch beglückt und tief beseligt,
Sie ist anderweit verehlicht,
Ist im Standesamtsregister
Aufnotieret als Frau Pfister,
Und es wird davon gesprochen,
Nächstens käme sie in Wochen. –
  Grollend lüfte ich das Glas.
  (Ach, wie schön bekömmt mir das.) –

Ganz besonders und vorzüglich
Macht es mich so mißvergnüglich,
Daß es mal nicht zu vermeiden,
Von hienieden abzuscheiden,
Daß die Denkungskraft entschwindet,
Daß man sich so tot befindet,
Und es sprechen dann die Braven:
Siehe da, er ist entschlafen;
Und sie ziehn gelind und lose
Aus der Weste oder Hose
Den geheimen Bund der Schlüssel,
Und man rührt sich auch kein bissel,
Sondern ist, obschon vorhanden,
Friedlich lächelnd einverstanden. –
  Schaudernd leere ich das Glas.
  (Ach, wie schön bekömmt mir das.) –

Wo wird dann die Seele weilen?
Muß sie sich in Duft zerteilen?

Oder wird das alte Streben,
Hübsche Dinge zu erleben,
Sich in neue Form ergießen,
Um zu lieben, zu genießen
Oder in Behindrungsfällen
Sehr zu knurren und zu bellen?
Kann man, frag ich angstbeklommen,
Da denn gar nicht hinter kommen?
Kommt, o kommt herbeigezogen,
Ihr verehrten Theologen,
Die ihr längst die ew'ge Sonne
Treu verspundet in der Tonne;
Überschüttet mich mit Klarheit! –
Doch vor allem hoff ich Wahrheit
Von dem hohen Philosophen,
Denn nur er, beim warmen Ofen,
Als der Pfiffigste von allen,
Fängt das Licht in Mäusefallen. –
   Prost Neujahr! – Und noch ein Glas,
   (Ei, wie schön bekömmt mir das!)

Uh! Mir wird so wohl und helle.
Himmel, Sterne, Meereswelle,
Weiße Möwen, goldne Schiffe;
Selig schwanken die Be-jiffe,
Und ich tauche in das Bette
Mit dem Seufzer: Hen-i-jette!

Scheint dir auch mal das Leben rauh,
Sei still und zage nicht,
Die Zeit, die alte Bügelfrau,
Macht alles wieder schlicht.

Lache nicht

Lache nicht, wenn mit den Jahren
Lieb und Freundlichkeit vergehen,
Was Paulinchen ist geschehen,
Kann auch dir mal widerfahren.

Sieh nur, wie verändert hat sich
Unser guter Küchenbesen.
Er, der sonst so weich gewesen,
Ist jetzunder stumpf und kratzig.

Du warst noch so ein kleines Mädchen
Von acht, neun Jahren ungefähr,
Da fragtest du mich vertraut und wichtig:
Wo kommen die kleinen Kinder her?

Als ich nach Jahren dich besuchte,
Da warst du schon über den Fall belehrt,
Du hattest die alte vertrauliche Frage
Hübsch praktisch gelöst und aufgeklärt.

Und wieder ist die Zeit vergangen.
Hohl ist der Zahn und ernst der Sinn.
Nun kommt die zweite wichtige Frage:
Wo gehen die alten Leute hin?

Madam, ich habe mal vernommen,
Ich weiß nicht mehr so recht von wem:
Die praktische Lösung dieser Frage
Sei eigentlich recht unbequem.

Durchweg lebendig

Nirgends sitzen tote Gäste.
Allerorten lebt die Kraft.
Ist nicht selbst der Fels, der feste,
Eine Kraftgenossenschaft?

Durch und durch aus Eigenheiten,
So und so zu sein bestrebt,
Die sich lieben, die sich streiten,
Wird die bunte Welt gewebt.

Hier gelingt es, da mißglückt es.
Wünsche finden keine Rast.
Unterdrücker, Unterdrücktes,
Jedes Ding hat seine Last.

Der innere Architekt

Wem's in der Unterwelt zu still,
Wer oberhalb erscheinen will,
Der baut sich, je nach seiner Weise,
Ein sichtbarliches Wohngehäuse.

Er ist ein blinder Architekt,
Der selbst nicht weiß, was er bezweckt.
Dennoch verfertigt er genau
Sich kunstvoll seinen Leibesbau,
Und sollte mal was dran passieren,
Kann er's verputzen und verschmieren,
Und ist er etwa gar ein solch
Geschicktes Tierlein wie der Molch,
Dann ist ihm alles einerlei,
Und wär's ein Bein, er macht es neu.

Nur schad, daß, was so froh begründet,
So traurig mit der Zeit verschwindet,
Wie schließlich jeder Bau hienieden,
Sogar die stolzen Pyramiden.

Reue

Die Tugend will nicht immer passen,
Im ganzen läßt sie etwas kalt,
Und daß man eine unterlassen,
Vergißt man bald.

Doch schmerzlich denkt manch alter Knaster,
Der von vergangnen Zeiten träumt,
An die Gelegenheit zum Laster,
Die er versäumt.

Das Blut

Wie ein Kranker, den das Fieber
Heiß gemacht und aufgeregt,
Sich herüber und hinüber
Auf die andre Seite legt –

So die Welt. Vor Haß und Hader
Hat sie niemals noch geruht.
Immerfort durch jede Ader
Tobt das alte Sünderblut.

Dilemma

Das glaube mir – so sagte er –
Die Welt ist mir zuwider,
Und wenn die Grübelei nicht wär,
So schöß ich mich darnieder.

Was aber wird nach diesem Knall
Sich späterhin begeben?
Warum ist mir mein Todesfall
So eklig wie mein Leben?

Mir wäre doch, potzsapperlot,
Der ganze Spaß verdorben,
Wenn man am Ende gar nicht tot,
Nachdem daß man gestorben.

MEIN LEBENSLAUF

Mein Lebenslauf ist bald erzählt.
In stiller Ewigkeit verloren
Schlief ich, und nichts hat mir gefehlt,
Bis daß ich sichtbar ward geboren.
Was aber nun? – Auf schwachen Krücken,
Ein leichtes Bündel auf dem Rücken,
Bin ich getrost dahingeholpert,
Mitunter grad, mitunter krumm,
Und schließlich mußt ich mich verschnaufen.
Bedenklich rieb ich meine Glatze
Und sah mich in der Gegend um.
O weh! Ich war im Kreis gelaufen,
Stand wiederum am alten Platze,
Und vor mir dehnt sich lang und breit,
Wie ehedem, die Ewigkeit.

Der Ruhm

Der Ruhm, wie alle Schwindelware,
Hält selten über tausend Jahre.
Zumeist vergeht schon etwas eh'r
Die Haltbarkeit und die Kulör.

Ein Schmetterling voll Eleganz,
Genannt der Ritter Schwalbenschwanz,
Ein Exemplar von erster Güte,
Begrüßte jede Doldenblüte
Und holte hier und holte da
Sich Nektar und Ambrosia.

Mitunter macht er sich auch breit
In seiner ganzen Herrlichkeit
Und zeigt den Leuten seine Orden
Und ist mit Recht berühmt geworden.

Die jungen Mädchen fanden dies
Entzückend, goldig, reizend, süß.

Vergeblich schwenkten ihre Mützen
Die Knaben, um ihn zu besitzen.

Sogar der Spatz hat zugeschnappt
Und hätt ihn um ein Haar gehabt.

Jetzt aber naht sich ein Student,
Der seine Winkelzüge kennt.

In einem Netz mit engen Maschen
Tät er den Flüchtigen erhaschen,

Und da derselbe ohne Tadel,
Spießt er ihn auf die heiße Nadel.

So kam er unter Glas und Rahmen
Mit Datum, Jahreszahl und Namen
Und bleibt berühmt und unvergessen,
Bis ihn zuletzt die Motten fressen.

Man möchte weinen, wenn man sieht,
Daß dies das Ende von dem Lied.

Dank und Gruss

Ich weiß nicht mehr genau, wie es gekommen.
Kurzum! Nach längerem Verborgensein
Hab ich dereinst auf Erden Platz genommen,
Um auch einmal am Licht mich zu erfreun.
Und alsogleich faßt mich die Zeit beim Kragen
Und hat mich neckisch, ohne viel zu fragen,
Bald gradeaus, bald wiederum im Bogen,
Durch diese bunte Welt hindurchgezogen.

Inzwischen pflückt ich an des Weges Rand
Mir dies und das, was ich ergötzlich fand.
Auch leert ich manchmal manchen vollen Krug
Mit guten Freunden, bis es hieß: Genug!
Nur eins erschien mir oftmals recht verdrießlich:
Besah ich was genau, so fand ich schließlich,
Daß hinter jedem Dinge höchst verschmitzt
Im *Dunkel* erst das wahre Leben sitzt.

Allein, wozu das peinliche Gegrübel?
Was sichtbar bleibt, ist immerhin nicht übel.
Nun kommt die Nacht. Ich bin bereits am Ziele.
Ganz nahe hör ich schon die Lethe fließen.
Und sieh! Am Ufer stehen ihrer viele,
Mich, der ich scheide, freundlich zu begrüßen.
Nicht allen kann ich sagen: Das tut gut!
Der Fährmann ruft. Ich schwenke nur den Hut.

Die Seelen

Der Fährmann lag in seinem Schiff
Beim Schein des Mondenlichts,
Als etwas kam und rief und pfiff,
Doch sehen tat er nichts.

Ihm war, als stiegen hundert ein.
Das Schifflein wurde schwer.
Flink, Fährmann, fahr uns übern Rhein,
Die Zahlung folgt nachher.

Und als er seine Pflicht getan,
Da ging es klinglingling,
Da warf ein Goldstück in den Kahn
Jedwedes Geisterding.

Husch, weg und weiter zog die Schar.
Verwundert steht der Mann:
So Seelen sind zwar unsichtbar
Und doch ist etwas dran.

Der heilige Antonius, so wird berichtet,
Hat endlich ganz auf die Welt verzichtet;
Ist tief, tief hinten im Wald gesessen,
Hat Tau getrunken und Moos gegessen,
Und sitzt und sitzt an diesem Ort
Und betet, bis er schier verdorrt
Und ihm zuletzt das wilde Kraut
Aus Nase und aus Ohren schaut.
Er sprach: »Von hier will ich nicht weichen,
Es käm' mir denn ein glaubhaft Zeichen!«

Und siehe da! – Aus Waldes Mitten
Ein Wildschwein kommt dahergeschritten,

Das wühlet emsig an der Stelle
Ein Brünnlein auf, gar rein und helle,
Und wühlt mit Schnauben und mit Schnüffeln
Dazu hervor ein Häuflein Trüffeln. –
Der heilige Antonius, voll Preis und Dank,
Setzte sich nieder, aß und trank
Und sprach gerührt: »Du gutes Schwein,
Du sollst nun ewig bei mir sein!«

So lebten die zwei in Einigkeit
Hienieden auf Erden noch lange Zeit,

Und starben endlich und starben zugleich
Und fuhren zusammen vors Himmelreich. –
»Au weih geschrien! Ein Schwein, ein Schwein!«
So huben die Juden an zu schrein;
Und auch die Türken kamen in Scharen
Und wollten sich gegen das Schwein verwahren. –

Doch siehe! – Aus des Himmels Tor
Tritt unsre liebe Frau hervor.
Den blauen Mantel hält die Linke,
Die Rechte sieht man sanft erhoben,
Halb drohend, halb zum Gnadenwinke;
So steht sie da, von Glanz umwoben.

»Willkommen! Gehet ein in Frieden!
Hier wird kein Freund vom Freund geschieden.
Es kommt so manches Schaf herein,
Warum nicht auch ein braves Schwein!!«
Da grunzte das Schwein, die Englein sangen.
So sind sie beide hineingegangen.

Schlusschor

Was mit dieser Welt gemeint,
Scheint mir keine Frage.
Alle sind wir hier vereint
Froh beim Festgelage.

Setzt Euch her und schaut Euch um,
Voll sind alle Tische;
Keiner ist von uns so dumm,
Daß er nichts erwische.

Jeder schau der Nachbarin
In die Augensterne,
Daß er den geheimen Sinn
Dieses Lebens lerne.

Stoßet an! Die Wonnekraft
Möge selig walten,
Bis die Zeit uns fortgerafft
Zu dem Chor der Alten;

Bis in süßem Unverstand
Unsre Lippen lallen,
Bis das Auge und die Hand,
Bis wir selber fallen. –

Dann so tragt mich nur beiseit
In die dunkle Kammer,
Auszuruhn in Ewigkeit
Ohne Katzenjammer.

Also geht alles zu Ende allhier:
Feder, Tinte, Tobak und auch wir.
Zum letztenmal wird eingetunkt,
Dann kommt der große
schwarze

Anhang

Das Hohe und das Lächerliche

Hundert Gedichte sind es genau, die Wilhelm Busch für sein neues Buch auswählt. Gleichzeitig bescheiden und selbstbewusst schreibt er am 25. Februar 1904 an seinen Verleger Otto Bassermann: »Hiermit erhältst du hundert Gedichte, betitelt ›Zu guter Letzt‹, mit dem Wunsch, daß sie für deinen Verlag dir paßend erscheinen. Als meine Bedingungen hab ich mir gedacht: Fünftausend Mk. einfürallemal, zahlbar im Lauf dieses Jahrs, sintemalen hohes Alter nicht mehr viel Zeit zum Warten hat. Ausstattung, wie die ›Kritik des Herzens‹.«

Das Briefzitat verrät einiges über den fast 72-jährigen Verfasser. Er stellt hundert Gedichte zusammen – eine runde Zahl, eine goldene Zahl. Sie bilden die Summe seiner Gedanken in jener Zeit, in der er das Malen und Bildergeschichten-Zeichnen längst aufgegeben hat. Er nennt die Sammlung *Zu guter Letzt*, was nicht unbedingt auf ein Vermächtnis deutet, aber doch auf ein Abschiednehmen. Auch der Satz vom hohen Alter, das nicht mehr viel Zeit zum Warten habe, verrät, dass er bereits »auf der Grenze von Hier und Dort« steht, wie er kurz vor seinem Tod schreiben wird.

Er verlangt den Betrag von 5000 Mark für seine Lyrik, eine relativ bescheidene Summe, verglichen mit den finanziellen Erträgen seiner Bildergeschichten. Eine Beteiligung am Verkaufserlös interessiert ihn nicht mehr. Er ist alt und reich genug, sich mit einer Pauschale zu begnügen. Dass die Ausstattung des Bändchens wie bei der *Kritik des Herzens* ausfallen solle, betont die Rolle, mit der er in der Öffentlichkeit aufzutreten wünscht. Beide Bücher enthalten kein einziges graphisches Element, das etwa auf den Zeichner Busch verweisen könnte. Hier spricht ganz allein der Dichter. Mit *Zu guter Letzt* verunsichert Busch als Poet sein Publikum immerhin nicht mehr so wie bei seinen ersten Lyrik-Publikationen. Bedachtsam hatte er zunächst unter dem Titel *Dideldum!* ein Mischwesen aus Karikaturen, Bildergeschichten und Gedichten auf den Markt gebracht, um seine Bewunderer daran zu gewöhnen, dass da einer noch anderes konnte, als böse Buben und unfromme Helenen zu zeichnen. Mancher hatte ja sogar gemunkelt, die Verse zu den Bildergeschichten seien gar nicht von Busch. Mit dem nächsten Band wird nun endgültig klar: Wilhelm Busch dichtet!

Als die *Kritik des Herzens* mit ihren 81 Gedichten im Jahr 1874 erscheint, ist das Echo nicht nur geteilt, sondern teilweise vernichtend. »Obszönität« wird ihm vorgeworfen und dass so etwas nicht auf den Weihnachtstisch einer deutschen Familie gehöre. Sondern ins Feuer. Von Ekel und Widerwillen ist die Rede, es fallen die Wörter »schal«, »trivial« und »schmutzig-laszív«. Ja, kurzerhand wird dem Dichter Busch empfohlen, sich doch gleich das Lieblingstier des heiligen Antonius als Motto zu wählen. Bekanntlich endet *Der heilige Antonius von Padua* mit den Zeilen: »Da grunzte das Schwein, die Englein sangen. / So sind sie beide hineingegangen.« Die Kritik an der *Kritik* formuliert vor allem, dass man Busch zwar manches verzeiht, nur eines sicherlich nicht: die Lesererwartungen zu enttäuschen. Plötzlich sind da keine Zeichnungen mehr. Plötzlich ist nicht mehr alles lustig. Plötzlich spricht einer mal im Volks-, mal im Gemüts-, mal im Heine-Ton. Plötzlich muss man verweilen und verstehen, statt nur zu schauen und zu schmunzeln.

Sosehr sich Wilhelm Busch von der Popularität seiner Bildergeschichten überrascht und erfreut zeigt, so sehr drückt ihn die Schublade, in die er dadurch gezwängt wird. Jene Werke seien doch bloße Kleinigkeiten, die er zum eigenen Pläsier ersonnen habe, wiegelt er ab. Doch wenn es ums Malen und Dichten geht, ist er verletzlich, da ringt er um Form und Fassung, da wird er schüchtern. Wie eine Rechtfertigung klingt eine der wenigen Selbstaussagen zur ersten Lyriksammlung: »Was die ›Kritik des Herzens‹ betrifft, so brauch ich wohl nichts weiter zu sagen, als daß sie ein Ausdruck meiner damaligen Stimmung ist.« Damit ist eine wichtige Wende in Buschs Leben umschrieben. Als die Gedichte für die *Kritik* entstanden, hatte er einerseits einen kreativen Schaffensschub hinter sich, andererseits eine unerfüllte Liebe. In seine Frankfurter Zeit von 1868 bis 1872 fallen die Veröffentlichungen von *Schnurrdiburr oder Die Bienen*, *Der heilige Antonius von Padua*, *Die Fromme Helene*, *Bilder zur Jobsiade* und *Pater Filucius*. Außerdem entstehen zahlreiche Gemälde, Gebrauchsgraphiken, Tonarbeiten, Zeichnungen. Busch ist gesellig, geht in Konzerte, reist viel, schreibt Briefe. Und er verehrt eine Frankfurter Bankiersgattin. Im Haus von Johanna Kessler wird er umschwärmt, umsorgt und unterhalten. Er wächst der Familie mit acht Kindern immer mehr ans Herz. Freilich: der Familie. Weil nicht sein kann, was nicht sein darf, und weil Wilhelm Busch äußerst diskret mit seinem Leben umgeht, ahnt man nur so viel: er Meister, sie Muse. Und das Ganze endet in Verzicht. Man schreibt sich freundliche Briefe. Er nennt sie Tante, sie ihn Onkel. Was bleibet aber, steht im Gedicht: »Bald klopft vor Schmerz und bald vor Lust / Das rote Ding in meiner Brust.«

Wie hätte Busch eine solche Metapher in der gewohnten Form der heiter-bösen Verserzählung mit satirischen Zeichnungen unterbringen können? Nein, für eine nicht unbeträchtliche Seite seines Wesens braucht er die Malerei, braucht er die Poesie. Beide Künste fordern zwar seinen selbstkritischen Spott heraus. Wo Maler Klecksel sich sein Talent nur einbildet, da scheitert Balduin Bählamm, der verhinderte Dichter, an der Prosa der Verhältnisse. Busch ist nur ein bisschen Bählamm, aber Bählamm ist satirisch gesteigerter Busch. In so mancher Attitüde gleichen sich die beiden Künstler. »Wenn ich in der Wiese auf dem Rücken liege«, schreibt Busch in einem Brief, »das eine Bein zurück gezogen, das andere darüber geschlagen, und nichts sehe, als ein Stück Himmel, die zierlichen Fahnen der Gräser und den erhobenen Fuß, hinter dem die Wolken vorüber ziehn, so wäre mir die Einmischung eines fremden Intellekts auch des besten, höchst unbehaglich.« Dieselbe Haltung nimmt der um Verse ringende Bählamm ein:

In freier Luft, in frischem Grün,
Da, wo die bunten Blümlein blühn,
In Wiesen, Wäldern, auf der Heide,
Entfernt von jedem Wohngebäude,
Auf rein botanischem Gebiet,
Weilt jeder gern, der voll Gemüt.

Hier legt sich Bählamm auf den Rücken
Und fühlt es tief und mit Entzücken,
Nachdem er Bein und Blick erhoben:
Groß ist die Welt, besonders oben!

Das Hohe und das Lächerliche sind eng benachbart, aber wie tief ist der Spalt zwischen ihnen! Ein probates Mittel, nicht abzustürzen, ist die Untertreibung, das Understatement. Wilhelm Busch spricht von den Dingen des Alltags und den Tieren im Garten, vom Magen und den Steuern, vom Ich und Du, dem Was und Wie und Irgendwo. Unter dieser volkstümlichen Maske schneidet er seine Grimassen, verbirgt er sein Stirnrunzeln und die Falten, die nicht nur vom Lachen kommen. Im Eingangsgedicht zur *Kritik des Herzens* heißt es bezeichnend über die »hohen Gedanken«, dass diese Herren immer gerade abwesend seien von ihrem »hohen Haus«, in dem man sie suche – »Nun klopf ich ganz bescheiden / Bei kleineren Leuten an.« Die kleineren Leute werden ihn verstehen, wenn er von jenen Gefühlen schreibt, die alle kennen: Liebe, Resignation, Neid, Schadenfreude, Todesangst. Dabei erlaubt die Leichtigkeit des Tons keine Rückschlüsse auf die Leichtigkeit der Versverfertigung. Nicht wie Bählamm hat sich Busch »was zurechtgedrückt / Und fühlt sich nun in jeder Richtung / Befriedigt durch die eigne Dichtung«. Busch bleibt skeptisch, auch bei der Beurteilung der eigenen Lyrik: »Welcher gewißenhafte Mensch muß sich nicht angesichts eines Hexameters besinnen, ob auch die Cäsur an der richtigen Stelle; – wer hat sich nicht schon den Schädel zermartert über eine jener göttlichen Oden, die wir Alle so sehr bewundern?! – Oder geht mir's allein nur so? – Bin ich etwa mal wieder der Fuchs, der die Trauben verachtet, weil er nicht dran kann? – Wer weiß!? – denn Wer hat jemals den Boden seiner schwarzen abscheulichen Seele erblickt!«

Zwischen dem ersten Gedicht, das Wilhelm Busch im Tagebuch festhält, und seinem letzten liegen über fünfzig Jahre und Dutzende verschiedener Modelle. Aphoristische sind darunter, epigrammatische, parodistische, philosophische und immer wieder komische. Manche scheinen aus einer Bildergeschichte entlaufen zu sein, manche kamen am Göttinger Hain vorbei, manche sind durch Heines Liederland gewandert, manche waren bei Kant, Schopenhauer oder Darwin in der Kur. Aber für alle gilt, was Busch unter Verwendung eines charakteristischen Wortes schon über die *Kritik des Herzens* geschrieben hatte: »In den kleinen Versen ... habe ich versucht, möglichst schlicht und bummlig die Wahrheit zu sagen – so wie man sich etwa nach Tisch oder bei einem Spatziergange dem guten Freunde gegenüber aussprechen würde.«

Schlicht und bummlig – so sieht Busch die Machart seiner Gedichte. Die Wortfamilie »Bummel« gehört zu seinen Lieblingen. Er findet, seine Bildergeschichten hätten ein »bummlichtes Aussehen«. Er fährt mit dem Bummelzug, unternimmt eine Bummelfahrt mit der bummelnden Postkutsche, bummelt im Bummelschritt durch den Wald und nach Hause, ja durchs ganze Leben. Er beobachtet die bummelnden Hummeln, macht bummlige Fortschritte, notiert bummlige Verse. Schwer ist das Adjektiv zu umschreiben. Schwebend? Saumselig? Müßiggängerisch? Bummlige Verse sind das Gegenteil von Schiller, Hölderlin, Rilke und George. Sie schlendern daher, als hätten sie nichts weiter zu singen und zu sagen. Sie sind bequem gekleidet. Sie tönen nicht mit Donnerstimme. Sie kommen undercover.

Es zeugt von Mut, dass Busch nach dem Sturm sittlicher Entrüstung über die *Kritik des Herzens* sich noch einmal an eine lyrische Veröffentlichung wagt. Freilich vergehen genau dreißig Jahre, bis er sich den Lesern von *Knopp*-Trilogie, von *Plisch und Plum*, von *Bählamm* und *Klecksel* wieder mit bummligen Versen ohne Zeichnungen präsentiert. Er ist vorsichtig. Von den etwa 180 Gedichten, die ab den 1890er Jahren bis 1903 entstanden sind, wählt Busch nur die erwähnten hundert aus. Er schreibt sie aus seinen Notizbüchern ins Reine und wählt den Titel *Zu guter Letzt*. Kurz nach seinem 72. Geburtstag am 15. April 1904 erscheint die Auswahl bei jenem Verlag Bassermann, bei dem Busch seit 1871 alle Werke veröffentlicht hatte.

Und die restlichen, nicht ausgewählten Gedichte? Auf eigenen Wunsch hin sollten sie erst nach Buschs Tod veröffentlicht werden. Unter dem Herausgebertitel *Schein und Sein* lagen sie dann 1909 in den Buchhandlungen. Und noch eine weitere Sammlung erschien erst postum. Im Juni 1905 hatte Busch seinem Neffen Otto Nöldeke eine versiegelte Handschrift übergeben. Sie sollte eine Art Erbe für dessen Mutter sein, Buschs Schwester Fanny Nöldeke, mit der er seit 1872 zusammenlebte.

Dieses Album mit dem Titel *Hernach*, das 1892 bis 1894 entstand und noch in Buschs Todesjahr herauskam, ist denn auch ein geradezu feminines, zartes Stück. Jedem gezeichneten Blatt ist dort ein Gedichtlein beigegeben, nie länger als fünf Zeilen. Viele der Sujets sind ganz idyllisch aufgefasst, die Bilder könnten einem Kinderbuch entstammen, die Verse halten sich in puncto Satire und Nihilismus weitgehend zurück. Trotzdem verzichtet Busch auch hier nicht auf Situationskomik und das Mittel der Kontrastierung von Bild und Text, das immer Erheiterung schafft. So sind die Zeilen »Großmütterchen tut alles gern / Für Hänschen ihren kleinen Herrn« illustriert mit einem fröhlich auf dem Nachtstuhl sitzenden Hänschen, dem seine Großmutter gerade das gefüllte Töpfchen wegträgt, nicht ohne die Hinterlassenschaft sorglich mit einem geruchsmildernden Tuch zu bedecken. Das war so richtig aus dem Erfahrungsschatz Fanny Nöldekes gegriffen! Auch die Erlebnisse mit Wespen, Hunden, Katzen, Hasen, Igeln, Kühen, Schweinen, Ziegen und die kleinen, lachhaften Beobachtungen des täglichen Lebens, denen Busch Zeichnungen und Verse widmet, sind beiden vertraut. Neben dem Negerknaben mit seinem »unverhofften Krokodil« hat es vor allem ein mit Vogel und Baumstumpf und Frosch-Purzeln illustriertes Gedicht aus *Hernach* zu großer Bekanntheit gebracht:

> Wenn einer, der mit Mühe kaum
> Gekrochen ist auf einen Baum,
> Schon meint, daß er ein Vogel wär,
> So irrt sich der.

Dieses Gedicht begleitet drei Illustrationen, die es erst hervorlockten. Wilhelm Busch hat immer wieder betont, dass er zunächst seine Zeichnungen entwarf und anschließend die Verse zu ihnen ersann. Dabei gehören Bild und Sprache zusammen wie Brüderchen und Schwesterchen;

eins kann nicht ohne das andere sein, wenn sie in die weite Welt gehen. Trotzdem sind die beiden keine siamesischen Zwillinge. Am Ende werden die Geschwister jeder für sich und doch zusammenleben.

Auf Dauer voneinander scheiden kann man dieses Gespann aus bildnerischem und poetischem Einfall also eigentlich kaum. Es soll nicht verschwiegen werden, dass es in der vorliegenden Sammlung von Wilhelm Buschs bewegendsten und bissigsten hundert Gedichten doch geschieht. Die Ausschnitte aus *Hernach* oder aus den Bildergeschichten sind echte »Büsche«, ungemein treffend und ungemein komisch. Sie sind sozusagen Gelegenheitsgedichte, entstanden bei Gelegenheit einer gezeichneten Geschichte. Wollte man den Dichter Busch allein mit Hilfe seiner Lyriksammlungen charakterisieren, fehlte ein wichtiger Teil von dem, was er konnte, und von dem, was man von ihm kennt.

Wie Goethe hat Busch nie aufgehört, bildender Künstler zu sein, wie Gottfried Keller konnte er sich lange nicht vom Selbstbild des klassischen Malers verabschieden, auch als er längst für Bleistift und Feder berühmt war. Verwundert hörte er alle Welt von sich als dem Erfinder und gleichzeitig Vollender der kontinuierlichen Bildergeschichte reden. Dass die holländische Schriftstellerin Maria Anderson seine briefliche Nähe ausdrücklich wegen der Gedichte in der *Kritik des Herzens* suchte, schmeichelte ihm und verführte ihn, aus sich herauszugehen. Man wird wohl nicht umhinkönnen, Wilhelm Busch einen Platz außerhalb der Kulturzoologie anzuweisen, als Maler-Zeichner-Dichter-Wolpertinger. Es gibt bei ihm Ölgemälde, die zwei aufeinanderfolgenden Szenen einer Bildergeschichte gleichen, umgekehrt nähert er sich in *Herr und Frau Knopp* der Genremalerei an. Schließlich gehorcht seine Lyrik Gesetzen, die er für Malerei und Holzstich entwickelte: größtmögliche Nüchternheit, Beschränkung und Abstraktion bei größtmöglicher Pointiertheit. Und, je nachdem, Innigkeit oder Sarkasmus. Sehr oft Sarkasmus. Denn sonst passiert, was der Hündin Molly passiert: Das Herz geht aus dem Leim.

Diese Metapher aus dem Gedicht *Hund und Katze* hat Wilhelm Busch nicht bebildert. Und doch sieht man die ganze Geschichte wie eine Folge von Zeichnungen vor sich: den Ausdruck von Hund- und Katzenmiene bei gesträubter Haarfrisur, die Kinderstube im Heu, Miezels Tod durch Försters Flinte, Mollys Zitzenbarmherzigkeit. Vielleicht funktioniert das auch bei den hier um die Bilder gebrachten gereimten Geschichten. Vielleicht haben ja viele Leser ihren Antonius, ihren Fipps und ihren Knopp im Kopf, so dass dem Vergnügen am gedruckten Wort das Vergnügen am imaginierten Bild beispringt.

Und wer die Figuren nicht im Kopf hat, der lese dieses Buch, gehe hin und hole sich ein weiteres – Wilhelm Buschs Bildergeschichten.

Gudrun Schury

Biographische Notiz

Der Autor

Geboren am 15. April 1832 im niedersächsischen Wiedensahl als Sohn eines Kaufmanns, wächst Heinrich Christian Wilhelm Busch in ländlichen Verhältnissen auf. Die Polytechnische Schule in Hannover bricht er 1851 ab, um an der Kunstakademie Düsseldorf, ab 1852 an der Königlichen Akademie der schönen Künste in Antwerpen und ab 1854 an der Königlichen Akademie der Künste in München zu studieren. Dort nimmt er am geselligen Leben des Künstlervereins »Jung-München« teil und beginnt ab 1859, für die *Fliegenden Blätter* und die *Münchener Bilderbogen* zu zeichnen. 1865 veröffentlicht er *Max und Moritz* – der erste große Erfolg. Von 1868 bis 1872 lebt Wilhelm Busch in Frankfurt am Main, danach überwiegend in Wiedensahl, ab 1898 bis zu seinem Tod in Mechtshausen am Harz.

Wilhelm Buschs Werk umfasst Aufsätze, Gedichte, Erzählungen, Zeichnungen und fast tausend Gemälde, besonders Landschaften, Porträts und Genreszenen. Berühmt aber wird er für seine Bildergeschichten, so *Der heilige Antonius von Padua* (1870), *Die Fromme Helene* (1872), *die Knopp*-Trilogie (1875–1877), *Fipps, der Affe* (1879), *Balduin Bählamm, der verhinderte Dichter* (1883) oder *Maler Klecksel* (1884). In den letzten Jahren seines Lebens gibt Busch das Malen und Zeichnen auf; er schreibt ab da Lyrik und Prosa. Auch die langjährige rege Korrespondenz führt er fort. Am 9. Januar 1908 stirbt Wilhelm Busch in Mechtshausen an Herzversagen.

Die Herausgeberin

Gudrun Schury, geboren 1959 in München, studierte Neuere deutsche Literaturwissenschaft und Kunstgeschichte. Sie lebt als Autorin, Literaturwissenschaftlerin, Publizistin, Lektorin und Dozentin in Bamberg. Ihre Veröffentlichungen reichen von Lexikonartikeln und wissenschaftlichen Aufsätzen über Erzählungen und Hörbücher bis hin zu populären Sachbüchern, darunter *Alles über Goethe* und *Ich wollt, ich wär ein Eskimo. Das Leben des Wilhelm Busch* im Aufbau-Verlag.

2004 erhielt sie zusammen mit Rolf-Bernhard Essig für die Radiofolge »Ansbach zu Ohren« und 2006 für »Franz im Glück oder Die Landshuter Hochzeit anno 1475« jeweils den Preis der Bayerischen Landeszentrale für neue Medien.

Die ausgewählten Gedichte entstammen Wilhelm Buschs Sammlungen *Dideldum!* (1874), *Kritik des Herzens* (1874), *Zu guter Letzt* (1904), *Hernach* (1908) und *Schein und Sein* (Nachgelassene Gedichte, 1909), ergänzt durch Ausschnitte aus den *Fliegenden Blättern* und *Münchener Bilderbogen*, aus den Bildergeschichten *Schnurrdiburr oder die Bienen, Der heilige Antonius von Padua, Die Fromme Helene, Bilder zur Jobsiade, Der Geburtstag oder Die Partikularisten, Abenteuer eines Junggesellen, Herr und Frau Knopp, Julchen, Die Haarbeutel, Fipps, der Affe, Balduin Bählamm, Maler Klecksel* sowie aus dem Nachlass. Der Abdruck erfolgt nach der Ausgabe:

Wilhelm Busch: Werke. Historisch-kritische Gesamtausgabe. Hg. von Friedrich Bohne. 4 Bde. Wiesbaden o. J. [1960]

Die Gedichte *Dem Gourmand träumt es so süße* und *Scheint dir auch mal das Leben rauh* sind dem 7. Band der folgenden Ausgabe entnommen: Wilhelm Busch: Sämtliche Werke. Hg. von Otto Nöldeke. 8 Bde. München 1943.

Gedichtüberschriften und -anfänge

Alexander Pechmann
Die Bibliothek der verlorenen Bücher
226 Seiten. Halbleinen
ISBN 978-3-351-02650-9

Geheimnisse der Weltliteratur

In der Bibliothek der verlorenen Bücher sind sie verwahrt: all die verschollenen, ungeschriebenen und imaginären Bücher; all die Werke, die durch Unfälle und Zufälle, im Wahn oder im Zorn, mi Absicht oder schlicht aus Versehen vernichtet wurden. Kostbares von Joyce, Dostojewski, Flaubert, Lord Byron, Balzac, James F. Cooper, Kafka, Laurence Stern, Thomas Mann u. v. a. Humorvoll und fesselnd erzählt und mit allerlei biographischen Anekdoten versehen, schickt uns Alexander Pechmann auf eine wundersame Wanderung durch die verborgene Bücherwelt. Wir begegnen u. a. einer bizarren Bücherkarawane im alten Persien, Hemingways Reisetasche, einer barbarischen Schreibmaschine, einigen Kammerjungfern und Bauchrednern, Puschkins Hasen und Herman Melvilles verlorener Insel. Das ausgefallene Geschenk für Büchernarren.

Mehr Informationen erhalten Sie unter
www.aufbauverlagsgruppe.de oder in Ihrer Buchhandlung

aufbau
AUFBAU VERLAGSGRU